我的火星妹妹

李文鵲◎著

人物介紹

賀小美　永育國小特教班三年級學生

一般十歲小女孩，大多是和朋友扮家家酒，看卡通的年紀。賀小美卻和一般孩子不一樣，有著自閉症的她活在自己小小的世界。在她的世界裡頭，只要有哥哥和小米（布娃娃）陪伴就夠了。

賀大偉　培績國中國一學生

賀大偉是個善解人意的好孩子，自從爸媽因為車禍過世後，一年來他就和妹妹賀小美兩人一起寄住在爸爸的弟弟——立夫叔叔家。父母過世後他和小美相依為命，一直愛護著小美，不讓其他人欺負她。然而，當賀大偉步入國一，拓展生活圈的同時，他開始對於妹妹不同於常人的表現感到困窘。他愛妹妹，卻又害怕同儕因為妹妹的關係而疏遠他。

賀強（阿強）　永育國小三年級學生

自從賀大偉和賀小美來到自己家裡寄住，賀強覺得不只是生活空間，就連父母的愛也被剝奪了。尤其對於賀小美，他實在不喜歡跟一個怪怪的傢伙一起上下學，偏偏爸爸卻要賀強善待小美，這讓賀強更不開心。

賀立夫　不動產公司業務

在哥哥和嫂嫂車禍身亡後，賀立夫將哥哥留下的一對兄妹接來家裡住，當成自己的孩子視如己出。可是賀立夫的工作太忙了，以至於沒有足夠的精神和時間關心兩位姪兒。對於妻子對待賀大偉和賀小美的偏心行為，他始終被蒙在鼓裡。

宋巧芸　家庭主婦

賀立夫的太太，家庭主婦。對於先生將哥哥遺留下來的一雙兒女接來家裡居住一直很有意見，認為自己家裡本來就有一個小孩要養，又多了兩張嘴要吃飯，經常為此事和賀立夫鬧意見。

黃依蓓　永育國小音樂老師

才畢業沒幾年，還在為專任缺奮鬥的小學音樂老師。黃依蓓不是很喜歡上特教班的課，因為這裡的孩子難管理，也看不出有什麼潛能。直到最近，她偶然發現三年級有位叫做賀小美的孩子，似乎和音樂有著強烈共鳴。

目次

人物介紹 002

01 雨中的畢業典禮 007

02 立夫叔叔 019

03 大偉上國中 031

04 跟屁蟲 043

05 從今天開始只有半碗飯 055

06 專吃一塊錢的小豬撲滿 067

07 生日禮物 077

08 新來的音樂老師 089

09 罰站 101

10 天生我材必有用 115
11 彈琴好好玩 127
12 兩個人的音樂課 141
13 放學後的彈子房 153
14 誰偷了遊戲機 163
15 小美失蹤了 173
16 她不怪，她是我妹妹 181
17 我的志願 191
18 新的一年 199

01 雨中的畢業典禮

和前一天氣象報告的內容完全一致，禮拜六是個大晴天。

「今天的太陽好辣人，把帽子戴好。」

賀媽媽追著在客廳的大偉，要幫他把帽子戴上。大偉一向討厭戴帽子，他覺得戴帽子的模樣好像一朵大香菇。

「你看妹妹這麼乖，把帽子戴得好好的。」媽媽指著坐在沙發上，大偉的妹妹小美說。

「她又不懂。」大偉反駁道。

「大偉！」賀媽媽有點不高興，散發出一股淡淡的怒氣。話才說出口，大偉其實很快就後悔了。可是他一時拉不下臉，只好假裝看著別處。

賀媽媽嘆了一口氣，蹲下來幫大偉整理白襯衫和卡其褲褲頭。她輕柔的摸摸大偉的頭，說：「大偉，我們家只有兩個孩子，你們都是爸媽眼中的寶貝。而你只有一個妹妹，如果你都不喜歡她，誰又會喜歡她呢？」

看著妹妹小美，大偉身為兄長，保護妹妹的天性從妹妹出生那一刻起便油然而生。

妹妹，可愛的小美自從出生後，便是父母注目的焦點。大偉曾經羨慕過，直到他知道那是因為妹妹異於常人後，即將萌生的嫉妒，化為想要成為妹妹守護者的騎士信念。

小美從出生開始，就是個特別的孩子。

一般孩子剛出世，沒有一個不哭的。哭泣表示生命力，表示生命開始燃起的熱情。

但小美不同，她的誕生安安靜靜，彷彿從來沒有造訪過這個世界。

當賀媽媽從醫生手上接過小美——這個木訥的小女孩，她還以為這個不哭的孩子將會比任何人都乖巧。

直到小美兩歲時，賀爸爸賀媽媽才驚覺事情有些不對勁，小美這個平時不哭不鬧的小女孩對外界的刺激也不太有反應。

有些擔心的夫妻倆將小美送往醫院兒童心智科檢查，經過醫師審慎的觀察評估後認定小美具有自閉症的症狀。

小美，她是位自閉兒。她不多話，因為她活在自己的世界，有屬於自己的一套語言。

她沒有辦法和哥哥玩，也不能輕易了解爸爸媽媽的命令。安靜的時候，小美很安靜；哭鬧起來，任憑爸媽怎麼哄，除非她願意，沒有人可以讓躁動的她平息。

「小美，給妳。」

好幾次，大偉拿出他最喜歡的巧克力球，遞給妹妹。小美只顧著埋首玩著她的玩具——那隻眼睛和嘴巴都用鈕扣縫成的布娃娃「小米」。

此刻，小美坐在沙發上，抱著小米喃喃自語。

大偉對媽媽說：「我知道了。」像個小大人，態度認真；像是很嚴肅的看

待媽媽所交代的這件事。

「你會是全世界最好的哥哥，媽媽相信你。」

賀媽媽，她的笑容像是太陽，不過不是正午時分的那顆，而是早上九點十點，暖意與涼風交雜，使人可以會心一笑的暖陽。

儘管不甘願，在媽媽強力要求下，大偉束手就擒，把帽子乖乖戴上。他想要當個好哥哥，所以必須以身作則。

賀爸爸在樓下按兩下喇叭，示意公寓三樓裡頭的家人加快腳步。台北市交通警察管的緊，他車子停在小巷，靠在紅線邊，一個不小心就可能被取締。

「我們快下去吧！不要讓爸爸等。」

賀媽媽一手牽著大偉，一手牽著小美。小美很合作的伸出左手，把右手留給小米。

母子三人衝下樓，賀爸爸的轎車前一晚擦得亮晶晶，在陽光底下閃耀光芒。

今天很特別，全家人要去參加大偉的國小畢業典禮。

「快點！快點！」

賀爸爸從駕駛座下來，催促全家人趕緊上車。

「立成，距離畢業典禮還有一個小時呢！」

賀媽媽笑吟吟的說，能夠看到孩子的畢業典禮，為人母者有說不出的興奮與驕傲。

賀爸爸也有點緊張，大偉是全家第一個孩子，為了維持一家之主的威嚴，他努力掩飾自己的興奮之情，結果反倒流露一股躁動的情緒。賀媽媽知道老公緊張，卻又不方便點破。

「家婉，妳要知道羅斯福路三段不好停車，尤其今天又是畢業典禮，肯定會有許多賣花的小販。」

「立成，放鬆點，哪有爸爸比兒子還緊張的？」賀媽媽坐在副駕駛座，揉揉賀爸爸的肩膀。

賀爸爸終於擠出一絲笑容，從後照鏡中，他看著兒子，想到一轉眼，當年的小寶貝已經長得那麼大了。

暑假過後，即將進入國中，告別童年，成為一位少年。曾經，自己也是位國小學生，過著無憂無慮的生活；曾經，也面對要和班上同學分離的畢業典禮。

看著孩子，往事歷歷在目，賀爸爸原本勉強的笑容，變成了真誠的微笑。

果然如賀爸爸所預料，校門口擠得水洩不通。

羅斯福路三段原本早上上班時間車流量就大，今天因為這裡有國小畢業典禮，半條馬路幾乎被家長的車輛佔據，人行道上又擺滿了販售畢業花束和周邊商品的攤販，更顯得擁擠。

大偉沒有見過學校門口這麼熱鬧的情況，瞪大眼睛朝車窗外看。

小美則旁若無人，周圍環境的喧囂對她來說彷彿不存在。

「這樣吧！你們先下去，我停好車就過來。」

賀爸爸看與其要四個人一起等，不如他一個人先把車停好來得有效率。

賀媽媽帶著大偉和小美先下車，因為一堆汽車堵在校門口，他們幾乎是從馬路一半的地方走過去，擠過車輛間的縫隙前進。才走到人行道，賀大偉的導師剛好在校門口迎接學生。老師和賀媽媽十分熟識，很高興的向對方打招呼。

「老師，這幾年真是辛苦您了。」

「千萬別這麼說，大偉是位很乖的孩子。」

「啊！」

賀媽媽突然想起來，為了感謝老師，她特別挑了一份禮物要給大偉的導師。

禮物放在手提包中，但手提包擱在車裡忘了拿下來。於是，賀媽媽要大偉牽著小美，在這裡等她。

「媽媽馬上就回來，你在這裡先看著妹妹。」

「妳要快點回來喔！」見到那麼多人，大偉有點害怕。

「很快。」

賀媽媽往賀爸爸找停車位的方向快步跑去，禮物和手機都放在手提包中，她擔心老公不會注意到她手提包忘在車上。

賀爸爸站在馬路另一頭，拎著手提包，遠遠看到老婆走過來。他停車的時候不忘檢查後座，結果發現老婆沒有將手提包拿下來。看著老婆，他準備挖苦她一番，在心裡琢磨該用什麼俏皮話才好。

「唉唷！哪位美女特地跑來迎接我啊？」賀爸爸裝得若無其事的說。

賀媽媽聽老公說話的語氣，猜到老公肯定發現她沒將包包拿下來，沒好氣的說：「這位帥哥，大偉和小美都在校門口等著呢！我們快過去吧！對了，還有要送大偉的導師的禮物在包包裡頭，快拿給我。」

「禮物？」賀爸爸聽賀媽媽這麼說，停在斑馬線上，打開老婆包包查看。

「這個啦！」賀媽媽搶過包包，從中拿出用藍色波浪紙包裹的一個手心大小方形盒子。

一個閃神，賀爸爸和賀媽媽沒有注意到號誌從綠燈轉為黃燈。

馬路如虎口，因為我們永遠不知道老虎什麼時候會張開血盆大口。有一輛卡車，司機見到黃燈想要闖過去左轉，在視線死角處，他沒有注意斑馬線上站著兩位行人。

「下雨了？」

大偉頭上戴著帽子，第一時間他沒有發現天上降下雨水。等他注意到，雨勢瞬間傾盆而下。行人紛紛小跑步躲雨，參加畢業典禮的家長和學生，都往學校裡頭衝。

「大偉，我們先進去吧！你爸媽等會兒就會跟著進來了。」大偉的導師拉著大偉，要他先進去禮堂避雨。

大偉面朝著媽媽去找爸爸的方向，期待爸爸媽媽會不會在他走進校門口前的最後一刻出現，和他一起走進禮堂。

小美，不知何故停下腳步，說什麼都不肯走。

「小美，下雨了，我們先去躲雨。」大偉很有耐心的把要說的每個字都唸得清清楚楚，就怕小美聽不懂。

閃爍紅燈的救護車，從校門口前的馬路疾駛而去；跟著有輛警車，行駛在救護車後頭，兩輛車停在距離國小校門口一百公尺外的一處十字路口。行人們有的停下腳步，他們的視線，和大偉看過去的視線重疊。

「出車禍了！」路人中有人大喊。

人群，慢慢朝那個方向聚集。

「老師，發生什麼事了？」大偉輕輕拉了老師的手一下。

「又有救護車，又有警車，我想應該是出車禍了。」

說好會出太陽的畢業典禮，下起滂沱大雨。

大偉沒有等到爸爸和媽媽；賀爸爸與賀媽媽來不及參與大偉的畢業典禮。

小美抱著小米，好像對周遭一切不聞不問。但或許她是知道的，知道自己最親密的家人將永遠離開。

賀大偉的國小畢業典禮，成了賀大偉爸媽的忌日。

打這天起，大偉和小美淪為沒有爸媽的孤兒，他們只有彼此。

02 立夫叔叔

爸爸媽媽的告別式會場，大偉拉著妹妹的手，兩人坐在靈堂前，面對一個接著一個來到爸媽靈堂前上香的大人們，兄妹兩人不發一語。

畢竟來的人他們都不認識，且此刻他們更不知道該怎麼面對沒有父母的未來。

告別式能夠順利舉辦，有條不紊的進行，多虧遠從中部來的立夫叔叔打點一切。

賀立夫和太太宋巧芸坐在賀大偉和賀小美身旁，略為紅腫的雙眼，才為唯一的兄長流過眼淚。

看著身旁兩個年幼的孩子，賀立夫不禁嘆息：「哥哥和嫂嫂真是命苦，兩個孩子還那麼小就淪為孤兒，接下來他們的日子要怎麼過喔……」

「碩石文化廖開明副總經理前來上香。」在門口負責接待的司儀，透過麥克風朝靈堂喊。

「廖副總您好。」

賀立夫站起身，非常客氣的上前迎接。

廖開明朝賀立夫搖搖手，示意要他不用特地站起來。

「身為賀立行的長官，在這種時刻表示一下也是應該的。更何況立行在公司的表現十分優異，最近上頭才決定將他升遷至更適合他的管理職，可惜就在這當口發生這種不幸的事。可惜啊！公司損失一位人才，我也損失一位優秀的下屬。」

賀立夫握住廖開明的手，感動的說：「謝謝您對我哥哥如此賞識，可惜他沒有福份繼續接受您的領導。」

與賀立夫深感悲痛的心情極為不同，坐在位子上一動也不動的宋巧芸，冷眼看著丈夫和廖開明兩人面色悲傷，談著賀立行離開人世有多遺憾。

她心裡想到的是還沒有處理完的家務，以及這幾天因為她和丈夫必須來到殯儀館幫忙，而疏於照顧的獨子賀強。

算一算，來到殯儀館辦理告別式的靈堂已進入第四天，宋巧芸本來以為這件事情就是偶爾來看個兩下，頂多來個兩次、三次也就夠了。

誰知道賀立夫十分堅持，親自請了一個禮拜的假要來這裡幫忙。

連她一個家庭主婦，也跟著必須把時間耗在這個香煙裊裊，了無生氣的地方。

送走廖開明，賀立夫回到位子上。

宋巧芸輕拉他的外套袖子，低聲說：「立夫，人家公司上司都來了，可見你哥平常工作肯定很認真。」

賀立夫露出驕傲的神情說：「那當然，我哥哥從小就是一個做事情認真負責的人。」

「那你呢！你是不是也該為自己的工作『認真負責』一下？現在大環境不景氣，我在家每天看報紙說哪裡又有公司裁員，哪裡又有工廠員工失業，看得我心都慌了。結果你倒好，這節骨眼請一個禮拜的假不去上班，你就不怕被裁員中年失業！」

「呸、呸、呸！妳不要烏鴉嘴。立行是我唯一的哥哥，身為弟弟為哥哥送行，這可是天經地義。另外，公司那邊我相信也會諒解的。」賀立夫微微動怒的說。

「我說，你哥就沒有其他親戚能幫忙的嗎？」

賀立夫搖頭說：「妳也知道的，我媽兩年前過世，我爸得了老年癡呆症，現在住在北投山區的安養院。至於其他親戚，他們不是很老，就是跟我們家沒有什麼特別聯繫。唉！這也是沒辦法的事。」

聽來聽去，事情似乎還真沒有商量餘地。

宋巧芸索性不再和丈夫爭辯，她只希望再忍耐幾天，直到家裡的生活作息完全恢復之前的常態。

「怎麼了嗎？」

廖開明又走了回來，賀立夫見到他，驚訝的問。

廖開明從西裝內袋中掏了掏，拿出一個信封交給賀立夫，說：「這是令兄的撫恤金，以及勞工保險的相關資料。靠著這筆錢，另外我想立行他和妻子平常也有些積蓄，經濟上應當足以供應兩個孩子能順利長大成人的花費。」

拍拍賀立夫的肩膀，廖開明又對他說了些打氣的話便走了。

宋巧芸在一旁聽廖開明說的內容，猜想著不知道丈夫的哥哥嫂嫂究竟留下多龐大的遺產，壓抑不住內心喜悅的走過來對丈夫說：「你還不快看看信封裡頭究竟有多少錢。」

賀立夫皺眉說：「人才剛死，算這個幹嘛？」

「賀立夫，你以為租用靈堂，擺這些花圈花籃是不用錢喔！你也說你們兩兄弟剩下有聯絡的親人不多，這筆錢留給你不是剛好可以用來處理這些事情。如果不先看一看，我們怎麼知道該如何運用這筆錢。」

賀立夫心想妻子說的也有道理，便打開信封算了算裡頭資料記載的金額。宋巧芸看他算得慢，忍不住插手，說：「我以前高職念會計，瞧你笨手笨腳的，還是交給我來吧！」

大偉沒有注意眼前上演大人客套，以及對金錢斤斤計較的這幾幕。他抬頭看著靈堂上爸爸和媽媽的照片，想到明明前幾天全家人還有說有笑的一起吃飯、聊天，可是突然之間，一切都變了。他和妹妹再也見不到爸爸，再也吃不到媽媽做的菜。

「咕嚕嚕……」

小美的肚子叫了起來，她輕拉大偉的衣角，發出想要吃東西的信號。

「再忍耐一下，等一下哥哥就帶妳去吃東西。」

「哼！」

小美看著地上，用鼻子用力吐氣，大偉知道這是妹妹不高興時會發生的反應。

「哎唷！忍耐一下下就好。」賀大偉柔聲對妹妹說。

「哼、哼、哼、哼……」

小美無視大偉的安撫，聲音發得更響了，整間靈堂都聽得見。

賀立夫過來查看小美的情況，不解的問大偉說：「小美她怎麼了？」

「小美的肚子餓了，想要吃東西。」大偉無奈的對叔叔說。

賀立夫沒有照顧過患有自閉症的孩子，一時他也不知道該怎麼辦，只得拿出一張百元鈔，交給賀大偉說：「你去殯儀館外頭的便利商店買點麵包回來，距離晚餐還有三、四個鐘頭的時間，先暫且讓小美吃麵包墊墊肚子。」

領了叔叔的錢，大偉要往外頭找便利商店去。

小美從椅子上跳下來，跟在哥哥後頭走。賀立夫想要拉住她，可是小美完全沒有要停下來的意思。

賀大偉見妹妹說什麼都要跟著他走，對叔叔苦笑說：「就讓小美跟著吧！」

走出靈堂，賀大偉注意到殯儀館裡頭不只他們一家在這裡，其他靈堂裡頭有不同的人家，裡頭擺有不同的相片，唯一可以確定的共通點就是他們都有在乎的家人去世，才會需要利用這個地方。

「小美，以後我們該怎麼辦呢？」

大偉拉著賀小美的手，擔憂的看著前方。沒有爸爸，沒有媽媽，他不敢想像明天該怎麼過。

這幾天他和妹妹雖然還是住在自己的家，睡在自己的房間，可是他沒有一個晚上能夠睡得好。

家裡空蕩蕩的，只有立夫叔叔和巧芸嬸嬸，會在每天早上從旅館來家裡接他們去靈堂。

除此之外，在家裡反而讓他有些害怕。

「聽說再過三天，租用靈堂的時間就到了。之後的生活，是不是就得靠自己和妹妹兩個人相依為命？」

賀大偉在心裡想來想去，想不出什麼主意。

殯儀館外，馬路對面有間便利商店，賀大偉帶著妹妹進到便利商店，看看有什麼可以吃的。

見到麵包，大偉高興的對小美說：「妹妹，吃麵包好不好？」

小美放開哥哥的手，在擺放糖果和巧克力的架子前停下來，傻傻的看著琳瑯滿目的商品，像是完全沒有聽見哥哥在對她說話。

「妹妹，吃那個吃不飽的。」賀大偉想要妹妹趕快挑個麵包，然後回到靈堂去。賀小美看著糖果，完全被吸引住，動也不動。

賀大偉怕叔叔他們等得不耐煩，只好指著架子上頭的糖果，對賀小美問說：「是這個嗎？還是這個？」

小美一點反應也沒有，直到大偉的手停在一盒繪有米奇老鼠的紅色鐵盒巧克力，才微微點點頭。

拿起那盒巧克力，大偉又抓了一塊椰酥波羅麵包，這才走到櫃台結帳。

櫃台工讀生見到賀大偉兄妹衣服上別有一小塊麻布，顯示正在守孝，對他們說：「你們是從對面的殯儀館來的嗎？」

大偉點頭說：「是。」

「節哀順變。」在這個地方當工讀生，似乎常見到家屬來買東西。工讀生說話的語氣談不上真的有多哀傷，倒像是在唸課文般生硬。

拎著麵包，大偉帶著妹妹往殯儀館走回去。

小美打開糖盒，拿出一大顆巧克力就往嘴裡塞。

她的臉上瞬間掛起微笑，跟不久前因為肚子餓嘔氣的不開心模樣全然不同。大偉看著妹妹，有點羨慕的對她說：「妳真好，完全不用擔心東、擔心西的。」

走回爸爸媽媽的靈堂，再次經過那個有許多其他家人在那裡哭泣的走廊。

「不行、不行！說什麼都不行！」

巧芸嬸嬸扯著嗓門高聲叫。

「我已經決定了！」立夫叔叔不高興的吼著。

本來以為只要再待幾個小時，就要回到自己的家，誰知道還沒走進靈堂，就聽見立夫叔叔和巧芸嬸嬸爭吵的聲音。

03 大偉上國中

靈堂內，賀立夫雙手交叉在胸前，一臉不悅。宋巧芸咬牙切齒的樣子，更是嚇人。

靈堂門外，賀小美躲在哥哥身後，偷眼瞧著兩位大人。

賀大偉沒見過他們生氣的樣子，也不知道該如何是好，只能傻傻望著兩人。

「賀立夫，你腦袋有洞是不是？家裡人出了事情幫幫忙，這我都明白，可是幫忙要量力而為，你說要把兩個孩子接到家裡住是什麼意思？」

「巧芸，這兩個孩子都那麼小，要是我們不幫忙負起養育的責任，難道要讓他們進育幼院嗎？」

「育幼院也不錯啊！我們盡到國民的義務繳稅，國家就應該在這時候跳出來幫忙。」

「我不跟妳說了，妳什麼都不懂。」賀立夫氣到連話都懶得說，回到位子上，撇過頭去不看自己的妻子。

宋巧芸見丈夫一個死勁兒的不願意聽她說，急得哭出來：「我的天呀！我怎麼那麼命苦啊！嫁給一個對妻子絲毫不疼惜的老公。」

指著丈夫，宋巧芸邊哭邊罵：「你也不想想我們自己的孩子也不大，一家三口就靠你一個人養家。以後家裡多兩個人吃飯，你以為你負擔得起嗎？唉呀！現在男人只會嘴巴負責，都不顧慮以後的。嗚……我和阿強以後該怎麼辦唷……」

賀立夫見到妻子哭得厲害，頓時心軟，過去摟著宋巧芸，在她耳朵旁邊道歉說：「都是我不好，可是我就這麼一個哥哥，也就這麼一對姪兒、姪女。唉！我真的不忍心見死不救。」

「哼！你就知道對別人好，對我和阿強就那麼差。」宋巧芸氣還沒消，換她撇過頭故意不理賀立夫。

「妳別氣了，我也是心裡有底才敢下這決定。我剛剛看了一下廖副總給的資料，再加上我這幾天幫忙跑公家機關辦理遺產繼承等事宜。哥哥留下的財產雖談不上鉅款，但也是個不小的數字。對於家裡多兩個人吃飯這一點，我想我們應該負擔得起。」

宋巧芸轉過頭，擦擦眼淚，問賀立夫：「那麼，到底有多少錢啊？」

賀立夫左右看了看，小聲對宋巧芸說：「扣掉遺產稅，大概兩百多萬。」

宋巧芸先是露出喜出望外的樣子說：「兩百多萬？你哥哥那棟在大安區的房子呢？我聽說大安區的房子隨便都兩三千萬起跳，那棟房子應該值不少錢吧？」

「夠了，哥哥一直沒有買房子，他們那棟房子是租的。」

宋巧芸臉色一沉，不再說了。

平白無故多了兩百多萬，對她來說雖是意外之財，但想到少了得到一棟高價不動產的機會，內心還是有點不能平衡。

賀大偉見靈堂裡頭兩位大人吵架聲停歇，帶著妹妹假裝沒事的樣子走進來。

宋巧芸見到兩個孩子，想到剛才得到的遺產，態度和之前相比親切不少，至少不會像之前連正眼都不瞧上一下。

大偉將剛才買麵包和巧克力剩下的零錢和發票交給立夫叔叔，立夫叔叔接過來，說：「你們還買了巧克力呀？」

「嗯！妹妹想要吃，就幫她買了。」賀大偉怕賀立夫生氣，話是越說越小聲。

宋巧芸在一旁說：「孩子喜歡吃糖，買了就買了吧！」

賀立夫見妻子不再生氣，暫時也不見有人來上香，對賀大偉說：「大偉，有件事情叔叔想了很久。就是為了照顧你和小美，叔叔和嬸嬸決定將你們兩兄妹接到我們家來住。」

「喔……」

大偉沒有特別喜悅的樣子，剛才在門外他已經聽見一切。

賀立夫見賀大偉看起來沒有特別欣喜，心想他可能是還沒從失去父母的傷痛中平復，繼續說：「這幾天叔叔會將相關的事情都辦完，然後帶你和小美到我家去。這樣一來，你們就得離開台北了。」

「沒關係，叔叔您決定就好。」

大偉沒有拒絕的意思，小美則是本來就沒有發言的權力，賀立夫見事情大概就這樣定下來，也就沒有多交待什麼。

接下來幾天，在賀立夫的陪同下，向小美就讀的小學辦理了轉學手續。

因為小美有自閉症，在台北唸的小學特別挑過是有特教班的學校，所以在轉學手續上比較麻煩，必須挑選中部賀立夫住家學區或其它附近有特教班的小學才行。

幸好事情進行的很順利，賀立夫所處學區的永育小學剛好有特教班，而他自己的孩子賀強讀的正是永育小學，所以辦起相關手續，聯絡永育校方沒有什麼困難。

至於賀大偉，剛好他才從小學畢業，所以不需要轉學手續，僅僅做了學區

的更換便大功告成。

儘管如此，大偉還是覺得有點捨不得，畢竟他在這裡長大，從幼稚園到小學，所有的朋友都是在台北這個大城市認識彼此的。

偏偏現在正是小學升國中的暑假，朋友們不會像在學校的時候每天能夠見到面，大偉想把自己即將離開台北，前往中部生活的消息讓朋友們知道也變得不容易。

翻開畢業紀念冊附的通訊欄，大偉挑了幾個感情比較好的同學電話打給他們。

然而，事情不是很順利，朋友們不是跟家人出遊、就是忙著補習，總之十通電話裡頭能聯繫上的不到一半，而聯繫上又是朋友親自接的也不過兩三通。

大偉看這個情況，知道將會失去不少朋友，加上爸媽離開人世的寂寞，他忍不住流淚。

本來想好好大哭一場，可是見到小美天真無邪的在玩玩具，渾然不知他們兄妹的人生已經發生重大變故。

也許是怕自己難過的情緒感染到妹妹，他的眼淚潸潸無聲流下，把原本想暢快痛哭的聲音全部壓抑下來。

「哥哥，你哭了？」

小美一邊玩手上玩具，一邊對大偉說。

「沒有啦！」

大偉趕緊撇過頭，就怕給妹妹見到自己的眼淚。他希望自己在妹妹面前可以表現的堅強一點，至少在爸媽不在的時候，他可以看起來像具有保護妹妹能力的大人。

大偉走過去，陪妹妹一起玩玩具。

小美正在跟小米玩扮家家酒，她自己飾演媽媽，在幫小米梳頭。小美要哥哥坐在她身旁，要大偉當小米的爸爸。

大偉陪著小美，扮演起妹妹想要他扮演的角色。

這是大偉和小美待在台北的最後一天，大偉已經沒有可以聯絡的同學，而行李都已經收拾好，放在旅行箱裡頭。

家裡頭幾乎已經清空，因為搬運不便，加上賀立夫家裡也沒太多空間擺放賀立行留下的眾多家具。因此賀立夫找來中古家具行，並在鄰里貼上家具拍賣的宣傳單。這兩天陸續有人來看家具，幾乎能見得到的家具都已經被搬走。

賀大偉帶著妹妹在空蕩蕩的房間玩著，牆壁上有他最喜歡的灌籃高手海報。

他最喜歡紅頭髮的櫻木花道，面對困難總是勇往直前，決不言苦。

房間外，賀立夫和太太正在招呼前來看家具的客人。

宋巧芸平常雖然是家庭主婦，但和顧客交際的手腕倒是很有一套，笑吟吟的樣子好像和每一位顧客都是相識多年的老友。

「張太太，您看這沙發的顏色多素雅。不是我在說，這義大利皮沙發隨便去家具行都要賣個一萬多塊，今天我看我們這麼投緣，九千五就讓您帶走。」宋巧芸說。

陪同太太來看家具的張先生，雖然對於價格還有那麼一點意見，但見太太喜歡，倒也沒有說什麼，只是嘴角始終朝下，顯然不大滿意。

宋巧芸見狀，對張先生說：「張先生，聽說您是在大公司台軟電服務的電腦工程師？」

「嗯！」張先生不想答理宋巧芸，簡單回了一聲。

「我聽說電腦工程師頭腦都很好，算術尤其一流，想必張先生算術的能力肯定很棒！您如果覺得價格不合適，要不您算一算，算個合理的價格，我絕不還價。」

張先生聽宋巧芸說的跟真的一樣，本來想下個殺頭價，可是又聽她提到自己是大公司的電腦工程師，又怕出價太低丟了面子，只好說：「要不這個一人座沙發，加上那個二人座沙發，加在一起打個八五折，妳看怎麼樣？」

賣丈夫死去哥哥家裡的家具本來就是無本生意，宋巧芸明明有賺，卻還是故意沉思一下，然後才裝出一臉為難的樣子答允張先生的出價。

賀立夫對這種買賣之間的工夫不大在行，見妻子俐落的又賣出了一些家具，連忙對張先生感謝的說：「張先生，謝謝您，我哥哥和嫂嫂過……」

「哎唷！我腳好像扭了一下。」

宋巧芸聽見丈夫差點把這些家具是過世的人留下來這件事說出口，深怕影響張先生和太太的購買意願，趕緊藉故打斷賀立夫的話。

樓空，人去。當最後一件家具也被拍賣出清。賀立夫與妻子，帶著大偉、小美兄妹，坐上當天晚上八點的自強號，離開了台北。

一晃眼，暑假過去。培續國中的禮堂這天擠得水洩不通，因為開學典禮即將舉行。這一天，沒有家人陪伴，大偉自己一個人穿好制服帶著書包，走了二十分鐘的路來到這裡。

還記得上一次到學校禮堂是那個傷心的日子，明明今天應該是嶄新的一天，大偉卻絲毫感受不到進入國中的喜悅。

大偉讀國中的第一天，就在一個人孤零零的情況下展開。

04
跟屁蟲

國中和國小最大的不同，就在於國中有髮禁。

雖然有些國中已經取消髮禁，但培續國中做為這一區赫赫有名，以高升學率為號召的學校，仍舊保持髮禁的傳統。

大偉本來還算帥氣的西裝頭，開學前已經剃成小平頭。

幸好培續國中有男女分班，反正不但全校男生的髮型都一樣，每天一起上課的同學也留著一樣矬的髮型，所以他倒也不覺得太丟臉。

開學第一天，什麼都是新的。

新的制服、新的書包、新的課桌椅、新的老師，以及新的生活。

印有「培續國中」四個字的卡其墨綠色書包，還有各科課本，在開學第一天的第一節課，由班導師交到學生們手上。

站在講台上，擔任班導師的是一位穿著咖啡色西裝，體態略為臃腫的中年男子，他臉上粗黑框的眼鏡，看得出有重度近視。

男子在黑板寫上「王譽漢」三個大字，然後拿起課本在黑板上用力一拍。

「砰」的一聲，本來還在互相打鬧，掩飾不住開學興奮的國一學生們，瞬間安靜下來。

「大家好，我是各位一年級上學期的導師王譽漢。為什麼說是一年級上學期呢？因為我們學校是致力於督促學生升學的傳統國中，為了讓各位能夠更加努力的唸書，所以在一年級上學期期末會依照各位這一學期的成績進行分班。成績好的就會分到上段班，成績普通的就會到普通班，至於不夠努力的同學就得進入次段班好好接受磨練。以上我說的，各位清楚了嗎？」

王譽漢當了好多年老師，早懶得跟學生拐彎抹角，劈哩啪啦把好聽的、難聽的話都先一口氣交代給學生知道。

「都清楚嗎？」

王譽漢不放心的又問了一遍，他知道剛從國小上來的學生，有不少都還在狀況外，不知道國中可是更講求紀律的學習環境。

指著賀大偉，王譽漢問說：「你叫什麼名字？」

大偉完全沒有注意老師在對他說話，一個人傻楞楞的在放空。

王譽漢又問了一遍，全班同學都回過頭看著他，但賀偉還是沒發現。王譽漢這一下火氣可上來了，拿起粉筆就往大偉扔過去。

「哎唷！」

大偉被粉筆K中，小平頭上留下一小撮白點。抱著頭，賀大偉一臉無辜的看著老師。

「哈哈哈哈……」

其他同學見了，紛紛哈哈大笑，有的還竊竊私語。「怎麼會有人這麼笨？」「好好笑喔！他好像完全沒注意到老師在叫他……」

「給我站起來！」

大偉站起來，一臉慚愧的低著頭。

「你叫什麼名字？」王譽漢繼續問。

「賀大偉。」

一方面因為慚愧，另一方面也因為王譽漢給他一股很大的壓迫感，使得大偉說話的聲音很小。

「大聲點！」王譽漢朝賀大偉吼道。

「賀、賀大、大偉。」被王譽漢一嚇，大偉連講話都結巴了，又引得同學們哄堂大笑。

大偉羞紅臉，恨不得有個地洞可以鑽進去。

王譽漢翻翻點名簿，在大偉的名字和學號後頭的空白處劃了一個「ㄨ」，跟著說：「請重複一遍我前面交代的。」

「我不知道。」大偉放空半天，完全不曉得怎麼回答老師的問題，只得誠實說。

「各位同學，國中不比國小，你們要忘記愛的教育。從現在開始，每一天你們都要好好努力，為三年後的高中聯考而戰！現在輸在起跑點上，三年後你就會輸在終點上。考不上好的高中，就考不上好的大學；考不上好的大學，就找不到好的工作；沒有好的工作，就是社會的人渣、廢物！你們想當廢物嗎？」

「不想。」幾個同學小聲附和。

「大聲點！」王譽漢對全班同學叱喝。

「不想！」同學們大聲回應。

「很好！今天回去好好給我把數學看一看，明天早自習小考！」

同學們聽見王譽漢第一天就預告隔天要小考，個個叫苦連天。看著學生們痛苦的表情，王譽漢露出得意的笑容。

趕在下課鐘響起之前，王譽漢對賀大偉說：「你今天回家最好仔仔細細把數學第一單元給我唸過一遍，我希望你明天小考不會跟今天一樣心不在焉。」

「我知道了，老師。」

大偉從剛才罰站到現在，從頭到尾都不敢抬起頭來，他覺得上國中的第一

天真是丟臉極了。

放學回家的路上，賀偉的腳步十分緩慢。因為這個家，已經不是之前自己熟悉的那個家。

賀立夫將客房稍事整理，又加上一張床，讓大偉和小美可以睡在同個房間。

從來到叔叔家居住的第一天起，大偉就沒有睡好，妹妹小美也是。每天夜裡大偉側過身子就可以見到妹妹躺在床上和小米喃喃自語，不知道在說些什麼。

這也使得兩兄妹每天在大人們眼中都顯得一副無精打采的樣子。直到暑假快結束，開學以前大偉才好不容易將睡眠習慣調整回來。

走進叔叔家，就見到妹妹小美的鞋子放在玄關，大偉心想：「妹妹今天怎麼這麼早就回來了？開學第一天沒有上課嗎？」

客廳裡頭，賀立夫在講電話，巧芸嬸嬸在整理餐桌，兩人臉色都不大好看。堂弟賀強坐在茶几前，對著電視正在玩電視遊樂器。

賀立夫對著話筒，偶爾說幾句抱歉，顯然談話本身不是很愉快。

掛上電話，賀立夫嘴邊「嘖」了聲，宋巧芸回頭白了他一眼，賀強則是一副「這一切都不干我的事」的冷漠模樣。

大偉察覺事情有異，好心走過來問賀立夫說：「叔叔，怎麼了？您怎麼一臉凝重？」

賀立夫和賀大偉的個性有些相似，都不喜歡將自己的負面情緒發洩在其他人身上。

可是就算心裡這樣想，他們臉上都藏不住內心的情緒。

「還不是小美，今天第一天上課就給老師添了麻煩。」賀立夫知道小美有自閉症，情況特殊，但說起小美還是忍不住搖頭。

「添麻煩，怎麼說？」大偉從小照顧妹妹，轉瞬間已經猜想過幾種可能的情況。

「小美對於老師的教導很抗拒，極度不合作。老師們想盡辦法要跟她溝通，似乎都拿她沒轍。今天中午更因為打了同學的眼睛，老師緊急打電話要我們去學校，直到剛剛我都還在跟老師為這件事道歉。」

「對不起。」

大偉對賀立夫鞠個躬，跟著說：「小美現在在房裡嗎？」

「嗯！從中午我們把她帶回來，她就一直窩在房裡不肯出來。」賀立夫無奈的說。

大偉一轉門把，確認門沒有鎖上。但他還是敲敲房門，對裡頭說：「妹妹，我是哥哥，現在我要進去囉！」

打開門，房間裡頭沒有開燈，雖然太陽還沒下山，房間裡頭卻顯得陰暗。

小美坐在床角，靠著牆壁，膝蓋上放著最喜歡的小米。

大偉坐在床沿，對妹妹說：「妹妹，現在我們住在立夫叔叔家，立夫叔叔對我們很好，給我們吃、給我們住，我們應該要乖乖的，不要給叔叔一家人製造麻煩。不然萬一有一天他們趕我們走，我們能去哪裡呢？」

「妹妹？」

大偉說了半天，見小美沒有回應，湊過去一看，忍不住「噗哧」一笑，原來小美大概是最近晚上睡不好，所以坐著也能睡著。

大偉將小米輕輕拿起，然後扶著妹妹讓她躺在床上，並為她蓋上棉被。

正要走出房間幫忙叔叔他們準備晚餐，卻見小美躺在床上，臉色慌張的說著夢話：「爸爸……媽媽……」

聽見妹妹的叫喚，大偉蹲在床邊，輕輕撫摸妹妹的額頭。

他想起從前小美睡前，爸爸好像都會唱催眠曲給她聽，趕緊搜尋腦海中的記憶，那首爸爸為小美特別譜寫的曲子，在小美耳邊輕聲吟唱。

「靜靜的海洋，涼涼的風；靜靜的大地，青青的草。小美的臉兒紅得像蘋果，受月兒的照耀……」

唱到一半，大偉想不起接續的歌詞，只好將記得的部份重複又唱了好幾

遍，直到妹妹的臉色和緩下來。

開學第二天，大偉的上學之路多了一個任務。

「你是小美的哥哥？」

永育國小三年級特教班許老師見到一個比小美大沒幾歲的男孩送她上學，有點訝異的問。

「是的，我是小美的哥哥。老師，小美就麻煩您了。」大偉對許老師十分恭敬的行禮，然後說。

大偉比一般同學早一個小時起床，好能夠親自送妹妹到永育小學的三年級特教班教室，要親眼見到妹妹乖乖坐在位子上，不吵不鬧，他才會轉往培續國中。

「小美，要乖唷！放學哥哥再來接妳。」

大偉朝妹妹揮揮手，小美一手抱著小米，一手對哥哥揮動，而眼睛卻盯著今天早上的點心。

大偉不介意妹妹當跟屁蟲，牽著妹妹的小手，他會想起以前跟爸爸、媽媽一家出遊的情景。僅存的家人，透過妹妹的手，美好的過往一幕幕又鮮活起來，好像一切都還停留在過去熟悉的美好日子。

05 從今天開始只有半碗飯

大偉在國中的一天，就從早自習必然有小考的日子開始。

王譽漢雖然對學生十分凶悍、強硬，但教學認真負責的態度也比一般老師更加強勢。

在他的強勢作風下，調教出來的學生往往在學業表現方面也會比較優異，所以在普遍培績國中的家長心中，王譽漢絕對是一位好老師。

為了孩子的前途，甚至還有家長會來學校拜託讓自己的孩子可以進到王譽漢教導的班級，好讓孩子能夠接受嚴格的督促。

大偉可不在乎這些，也不知道這些，他只覺得待在這一班，每天都過得好辛苦。

大概是從開學第一天就給老師留下壞印象，大偉簡直是王譽漢上課問問題最喜歡「欽點」的學生。

「賀大偉，來！這題聯立方程式，最佳解為什麼是三的二次方？」

「賀大偉，來！背一下三角函數給大家聽聽。」

「賀大偉，來！……」

每次上數學課，大偉都有一種自己在上家教的錯覺，因為老師實在太喜歡找他麻煩了。

其他同學因此反而樂得輕鬆，他們知道只要有大偉在，自己被抽問的機會就少得多。

也因此，大偉的國一生活才開始一個禮拜，就被班上同學取了一個綽號「來來來先生」。

不過，不管是被老師問問題，或者是被同學取綽號，大偉心裡不樂意，卻也不怎麼放在心上。畢竟每天已經有個妹妹夠他擔憂了，實在沒有更多心力花在其它地方。

「噹噹噹噹！」上課鈴響起，開學第一週的禮拜五最後兩堂課，還是數學。

大偉勉勵自己，對自己加油說：「只要撐過這兩堂課，就有一個美好的週末可以在家放鬆了。」

王譽漢走進教室，按照慣例在將早自習小考的考卷發下去前，會就考試題目來一一進行檢討。

大偉看著老師檢討的解題內容，心裡一顆大石頭放下不少，「呼！看來大部分的問題我都有答對，今天應該不會再叫我了。」

王譽漢解完題目，吩咐坐在第一排的同學，將考卷發給班上其他人。

接著，王譽漢拿起兩本不同出版社的參考書，對同學們說：「光靠課本是不夠的，要想考上第一志願，大家必須拿出一百二十分的決心和毅力。老師這邊有兩本指定用的參考書，從下禮拜開始，我們就以立功出版社這本『國一數學詳解』參考書進行授課，然後就以這本『汪老師高中聯考數學題庫』作為每天回家練習和小考的練習本。」

同學們見到數學課一下子從薄薄的一本課本變成兩本厚重的參考書，心中大感不滿；可是礙於對王譽漢的敬畏，誰都不敢當場出聲抱怨。

「總之，下禮拜一請各位同學將書錢五百元繳給老師。」交代完買參考書的相關事宜，王譽漢繼續上他的課程。

大偉將老師交代買參考書的事情記在筆記本裡，只見筆記本這一頁上記載國文、英文、地理、歷史等每一科老師都有規定參考書。

他將這些記錄下來，可是內心有股說不出的不情願，不願告訴立夫叔叔拿錢買參考書這件事。

可能是不夠親的關係，大偉一想到要跟立夫叔叔開口要錢，內心就有好大一股壓力。

「唉！該怎麼辦呢？」

帶著忐忑不安的心，賀大偉回到家。

今天晚餐巧芸嬸嬸準備的特別豐盛，六支烤得油吱吱的大雞腿，放在餐桌中心，那油亮的光澤像是在向在座眾人招手。

坐上餐桌，賀立夫今天似乎特別有感觸，微笑對大家說：「時間過得很快，大偉和小美加入我們這個家庭已經有兩個月的時間了。趁著開學第一週結束的這一天，叔叔想要再次感謝大偉和小美，你們表現得很乖，讓叔叔和嬸嬸很放心。」

「呿！」

賀強本來悶不吭聲，聽到爸爸稱讚賀大偉和賀小美，不屑的發出輕蔑之聲。

「阿強。」

賀立夫瞪了兒子一眼，要他不要失禮。

宋巧芸可容不得自己的兒子受委屈，對大偉和小美說：「小美這一個禮拜在學校把老師們搞得焦頭爛額的，幸虧有你們立夫叔叔撐著，不然還真不知道現在小美有沒有學校唸喔！」

表面上，宋巧芸沒有責怪小美的意思，實際上，就連讀國中的大偉都聽得出來話中有話。

賀立夫知道老婆脾氣，要是跟她爭論起來，大概家裡又要雞犬不寧三五天，乾脆保持沉默，喊了聲：「開動。」

聽到一家之主按下槍響，大家的筷子才跟著動了起來。

小美小小的身軀，坐在位子上，頭才高出餐桌桌面不過十來公分，而且因為她不會用筷子，所以只能用湯匙和叉子。

大偉會按照妹妹咿咿呀呀的聲音、手勢和眼神瞭解妹妹想要吃的食物，然後他會幫妹妹挾到碗裡。

一上桌，小美就鎖定餐桌中間的大雞腿，大偉早料想到妹妹的心意，見她對著雞腿就像老虎見到獵物一樣，才開始用餐就幫她挑了最大的一根。

賀強見到盤子裡頭最大的雞腿被挾走，那可是他也看上的雞腿。

正所謂新愁舊恨加在一起，他可是忍受了家裡突然多了兩個外人進門有兩個月的時間。

期間儘管有媽媽作為自己的後盾，飯沒少吃過、水沒少喝過，但他感受的到爸爸的愛有一部分花在這對兄妹身上。

平常在家，賀強能不跟兩兄妹接觸，就不接觸。

大偉嘗試過幾次向賀強示好，但這位堂弟老是拿出一副踱得二五八萬的高傲態度面對他，讓他只能吃閉門羹。

提到小美，賀強更是有一肚子火。

大偉好歹是個識時務的人，但小美是個有自閉症的孩子，就連哥哥說的話她都不見得會聽，更何況是過去沒見過幾次面的賀強。

在玩電視遊樂器的時候跑來亂，沒來由在家裡大吼大叫，或是像幽靈一樣躲在家裡的暗處嚇人。

想到這些狗屁倒灶的事，賀強只能跟媽媽抱怨。

因為爸爸，本來對他言聽計從的爸爸，自從這兩個人來了以後，就變得不那麼聽他的話。

就連想要向父親撒嬌，一想到家裡有外人，賀強就不敢表現出自己還是孩

子的幼稚面。

「我不吃了啦！」賀強把筷子往桌上一敲，臉上滿是埋怨。

賀立夫見到孩子如此沒有禮貌的舉動，一股火就上來，正要開口教訓孩子。

宋巧芸立刻擋在丈夫身前，搶先對賀強斥責道：「阿強，媽媽辛辛苦苦做了一桌飯菜，每一道菜都有媽媽的心意，你說不吃就不吃，媽媽會很傷心的。還是你身體不太舒服，讓媽媽看一看好不好？」

乍看之下，宋巧芸是幫著丈夫責罵孩子，實際上她故意搶先開口，等她說完，丈夫那些比較刻薄的用語也就沒有機會使用。

賀強看著媽媽，眼神裡頭有著不滿，也有希望媽媽主持公道的意思。

宋巧芸何嘗不理解兒子的訊息，賀強是她和丈夫唯一的孩子，對於自己的孩子她可是瞭若指掌。

打從大偉和小美兩兄妹來到家裡，賀強不高興的反應，身為母親的她老早就察覺出來。可是礙於丈夫的情面，宋巧芸只能默默偏袒孩子。

「怎麼會這樣？」

聞到餐桌上的火藥味，大偉夾在中間，不知道該怎麼辦，一個人感到有些不知所措。

摸摸口袋，買教科書的清單他寫在一張紙上，本來想要給立夫叔叔看，但這一會兒氣氛這麼僵，他哪敢說出口。

「本來以為會有一個輕鬆的週末，看來又要泡湯了。」大偉已經瞭解到這個週末，待在家裡恐怕也不能做什麼，頂多就是關在房間，免得見到立夫叔叔一家人會尷尬。

吃過晚餐，洗碗的工作就交給大偉來做。本來這個工作是由他和妹妹一起負責，但是小美拿捏不了洗碗的力道和技巧，加上洗碗槽對小美來說太高了，所以這工作漸漸變成大偉一個人的工作。

大偉正在洗碗，賀立夫走過來對他說：「對了，我今天加入公司同事主持的登山社，大家約好每個週末都要去爬山，所以明天早上我會比較早起，孩子們晚點起來沒有關係，嬸嬸會準備好早餐。」

「謝謝叔叔。」

大偉話不多，但是從他幫忙家務的舉動，賀立夫知道這個姪兒個性善良、熱心，內心頗希望藉由大偉的言行表現，可以讓自己那個被寵壞的兒子賀強能夠受到一點正面影響。

在這之前，也有幾次早餐大偉和小美不是和賀立夫一起用餐。但是，賀立夫參加公司登山社的首個早晨，早餐變得有點不一樣。

宋巧芸最常為家人準備的早餐就是稀飯，因為稀飯的來源往往是前一晚沒吃完的白飯加工而成，可以達到省錢的效果。

餐桌上，兩個碗擺在那兒，還有一小碟豆腐乳，以及脆瓜。

用的碗和平常沒有什麼差別，但是碗裡頭的份量卻比平常少了將近一半。

小美像是沒察覺這件事，津津有味的吃著。

大偉很快的明白半碗飯的意義，看著半碗飯，想到未來的日子，以及不知道該怎麼支付的書錢。大偉頓時覺得肚子好像不餓了，取而代之的是不知道打哪兒來的頭痛。

宋巧芸從房間出來，一身亮麗。經過餐桌，她沒怎麼在意的瞥了坐在餐桌旁的兩兄妹一眼，若無其事的說：「嬸嬸跟朋友約好要逛街，你們吃完早餐趕緊把家裡打掃打掃，然後該幹什麼就幹什麼去。」

「嬸嬸，中午您會回來嗎？」賀大偉問。

「不會耶！我和朋友下午會去精品一街喝下午茶，你們中午就自己打發吧！」宋巧芸從皮包拿出一張皺皺的百元鈔，丟在桌上。

「嬸嬸慢走。」大偉擠出笑容對宋巧芸說。

06

專吃一塊錢的小豬撲滿

「大偉，看球！」

郭宗興手中的那顆棒球已經出手，他才發現賀大偉根本沒有在看球，可是要再收手已經來不及。

「啥？」大偉聽見同學要他小心的驚呼聲，一回神棒球已經在他眼前。大偉勉強轉過頭，還是沒能完全避過，左臉頰因此留下一道七八公分長的紅色擦痕。

「你在幹什麼？怎麼不看球呢？」郭宗興責怪賀大偉說。

「對不起，一時沒注意。」大偉不好意思的摸摸頭，自顧自的傻笑，想要化解尷尬。

「算啦！」郭宗興聳肩說。

郭宗興是賀大偉在班上第一個交到的朋友，並且郭宗興還是主動約他週末出來河濱公園玩傳接球的遊戲。

棒球是台灣的國球，擁有全台最有規模的職業運動。最近適逢亞運，中華健兒們當中又以中華棒球隊最受到國人注目。郭宗興是個棒球迷，他看賀大偉體格不錯，又談得來，所以約他週末出來玩。

大偉對體育不是很在行，但個頭還算挺拔高大。雖然沒玩過幾次棒球，剛開始老是漏接郭宗興丟給他的球，但還不到一個上午的時間，他已經能夠掌握傳接球大致的訣竅。

再加上郭宗興算是一位溫良敦厚的「老師」，教大偉傳接球的訣竅，很有耐心，無論大偉失誤多少次，他都願意細心的重複示範給大偉看。從這裡也可以看出郭宗興是真的很喜愛棒球，喜愛到願意將自己的愛好分享給其他人。

大概也是因為郭宗興很熱心，大偉不敢怠慢。兩人一個上午來來回回少說投了有數百球。

這個週末的天氣極佳，非常適宜出外運動踏青。河濱公園有許多人在運動，尤其是騎腳踏車的民眾，老老小小經過郭宗興和賀大偉身邊。

傳接球的遊戲，旁邊有一個守候一上午的忠實觀眾。小美不想待在家裡，硬是要跟哥哥一起出門。大偉先是覺得有點不好意思，畢竟國中男生彼此之間也會有些男生們的話題，身邊帶著一個還在唸國小的小妹妹實在尷尬。更何況小美跟一般孩子不同，有些不明就裡的人甚至會因此避而遠之。

已經被班導師討厭了，現在好不容易交到朋友，大偉可不願意因此連朋友也失去。然而，大偉拗不過小美連續「哼哼」攻勢，只好由著她連週末都盡責的當個跟屁蟲。

郭宗興偶爾偷瞄小美兩眼，大偉沒說，他也看得出這個小妹妹和其他孩子不一樣。接近中午，賀大偉和郭宗興坐在草地上。賀小美則是在十公尺外，一個人探索河濱小菊花們的生態環境。

郭宗興對賀大偉說：「你對你妹妹真好，出門還帶著她。」

「沒有啦！她想跟我也沒辦法。」

「是喔？這麼黏哥哥。我也有一個妹妹，但是跟你妹妹完全不一樣。」

「怎麼個不一樣？」大偉以為宗興想要說些小美看起來怪怪的評語，內心做了要為妹妹平反的心理準備。每當有人說妹妹是怪人、笨蛋或其它惡言，大偉都會第一個跳出來為妹妹說話。

幸好郭宗興沒有讓賀大偉失望，他確實是一位個性滿會替人著想的男生。但也或許有點神經太大條，以至於沒有察覺實際情況。

郭宗興說：「我妹妹完全不理我，老是自己一個人想幹嘛就幹嘛，不把我這個哥哥放在眼裡。你妹妹倒好，知道黏著哥哥，好歹有個妹妹的樣子。」

「哈！小美她任性起來誰都吃不消呢！」

「哥哥！」小美彷彿聽見有人在說她壞話，向大偉叫道。

大偉以為小美遇到什麼麻煩，趕緊過去。郭宗興跟在他身後，也跑過去。一隻蜜蜂停在小美眉心，恣意的在上頭爬呀爬，好像把小美的眉毛當成梳子，用來刷去身上的花粉。

小美有點兒害怕，又覺得有點兒好玩。她叫哥哥來，一方面是要哥哥救她，另一方面卻又是想要跟大偉分享這個有趣的情景。

大偉拉長袖子，在小美額頭前面一搧，蜜蜂順勢飛走。

「沒事吧？」大偉關心道。

小美搖搖頭，在草地上滾了一圈，好像剛才什麼都沒有發生。

「你妹妹真特別。」郭宗興莞爾一笑說。

「是啊！她和其他孩子不一樣。」

郭宗興看了看手錶，對大偉說：「我答應老媽要回家吃午飯，先走了。謝謝你今天出來陪我玩，我們改天再約吧！」

「沒問題！」大偉取下郭宗興借給他的棒球手套還給他，順便說。

「你喜歡打棒球嗎？」

「不錯啊！」

「那我建議你去買副棒球手套，自己有專用的會比較順手。」郭宗興好心建議大偉。

「這個嘛……我回去考慮看看。」大偉隨口敷衍郭宗興。

「現在又只有我們兩個人啦！」

大偉看著妹妹，小美又繼續在跟小菊花們玩耍，一副存心想要再招惹一隻蜜蜂似的。摸摸口袋，嬸嬸留下的那張一百塊，大偉心想絕對不能隨便花掉。這可是他現有的全部財產，用在自己和妹妹兩人的中餐上，大偉覺得有點兒可惜。

因此，大偉想出幾個方案，目的都是為了要讓一百塊可以發揮最大的作用。此時，大偉又想到後天禮拜一要交參考書的錢，可是他現在哪有那些錢。

看著手中這張鈔票，大偉煩惱起來，他真希望自己能夠有一台印鈔機，這樣就不用因為沒有錢而煩惱。

小美躺在草地上，看著天上一片片白雲隨風飄過。

「呀……呀……」小美指著其中一片雲，對大偉說。

「也好。」大偉心想反正暫時沒有一個主意，只要小美不要嚷肚子餓，乾脆暫時不要去想這件討厭的事。

和小美一樣，大偉躺在妹妹身邊，兩個人看著天上的雲，玩著只有這對兄妹之間才能瞭解的遊戲。

大偉知道小美聽得懂自己說的話，只是她沒有辦法使用跟正常人同樣的表達方式。可是跟小美相處了一輩子，大偉可以從妹妹的肢體語言和眼神辨別妹妹大致要表達的意思。

小美指著一片雲，用手肘輕觸大偉的胸膛。

「妳是要我猜那片雲長得像是什麼嗎？」大偉說。

看來大偉的猜測是對的，小美點頭微笑，瞪大眼睛期待哥哥的答案。

「那片雲看起來有點像是棉花，但是又有點像是麵團……嗯！可是我知道妳一定又想了一些跟其他人不一樣，亂七八糟的答案。所以我猜應該是皺掉的玫瑰花。」

「哼！」賀小美表示抗議，對於哥哥的答案，她覺得爛透了。

「好啦！我再想想。難道這像是剛出爐的燒餅？」

小美聽到哥哥又說了一個爛答案，不但哼聲連連，手腳還在空中比劃起來，像是要給哥哥一個答案輪廓的提示。本來那一團不規則的橢圓雲絮，此時有團棍狀白雲湊過來，兩個雲結合在一起。

大偉見了，拍手叫好，說：「哈！這下就像燒餅油條了。」

天上的雲受風吹拂，時而相聚，時而疏遠，並且不斷變化各種外表樣態。

看著天上的雲自由自在，賀大偉不禁想：「要是這些雲全部變成鈔票掉下來，那我就不用發愁了。」

「對啊！」大偉突然從草地上坐起來，小美不解的看著哥哥，眨了一下眼。

雲的聚散給了大偉靈感，他想到如果自己能夠慢慢累積一些小錢，就像天上的雲聚集在一起，變成一座雲山。如此一來，或許就能湊齊買參考書的錢。金錢的來源，這靈感則來自在立夫叔叔家的生活。平常賀立夫不大管錢的事，也不會特別給他和妹妹零用錢。管理錢的工作落在巧芸嬸嬸肩上，而巧芸嬸嬸基本上也不會給他們零用錢。但是巧芸嬸嬸有個習慣，就是會把比較小的零錢，尤其是一塊錢隨意丟在家裡角落，時間久了根本也沒去想那些一塊錢究竟去了哪裡。

一塊錢雖然不多，但此時在賀大偉眼中看來卻無比巨大。

07 生日禮物

把錢拿來買存錢筒實在浪費，大偉帶著妹妹到便利商店買了麵包和牛奶當中餐，然後就在公園各處尋找可以拿來做成存錢筒的材料。

大偉見到飲料的鐵罐子，一度考慮將空罐洗乾淨再利用，可是鐵罐子的洞太大了。要他買一罐新的，然後自己用工具挖成一塊錢厚度的洞，這大偉可捨不得。

走著走著，也有見到其他人們丟棄在公園的容器，像是不要的玻璃杯、木頭盒子等等。

但玻璃杯不是洞太大，就是因為打破而被丟棄；木頭盒子則有發霉的問題，並且基本上也是殘缺不堪。

找了一下午，大偉一直沒有看到什麼特別中意的素材。

小美看見哥哥自顧自的在尋找能夠當存錢筒的容器，她沒有說些什麼建議，卻自動自發的幫忙四處搜尋。

可是大偉不想妹妹把手弄髒，小美幾度想要幫忙，大偉都把她擋在身後。

小美不高興的把嘴嘟的老高，可是面對哥哥的強勢，她也無可奈何。或許也是感覺到哥哥如此做的用意是為了保護她，小美沒有哼半聲，默默的跟著哥哥行動。

一位躺在河濱公園籃球場長椅上，身上蓋著紙箱，滿臉鬍渣的流浪漢，他已經默默觀察賀大偉兄妹好一陣子。

見他們像是在找東西，而且找了不少時間，忍不住坐起身，向兩兄妹走過去。

「你們在找什麼東西？」流浪漢一邊挖鼻孔，一邊說。

「沒……沒什麼。」

大偉沒跟流浪漢接觸過，一時既緊張又害怕。

倒是小美對流浪漢一身破爛，以及傳出來的陣陣惡臭全然不在乎，一雙清澈的大眼睛看著他，就像眼前所見的不過也是一位普通人。

流浪漢和小美的眼神接觸，露出一口七零八落的黃板牙，說：「你妹妹真可愛。」

大偉怕流浪漢傷害妹妹，趕緊站在小美身前，說：「請問你走過來，是有什麼事嗎？」

流浪漢知道大偉有點兒怕他，故意挪開一段距離，說：「像你們這種找法，永遠找不到想要的東西，跟我來吧！」

大偉猶豫著該不該跟過去，小美已經先行走過他，跟在流浪漢身後。

「小美。」

大偉無論怎麼叫，妹妹都沒有停下腳步的意思。為了保護妹妹，大偉只好硬著頭皮跟上去。

穿越河濱公園的籃球場，以及一片用作觀賞的草皮。在幾棵松樹後頭，有一個用鐵皮圍欄阻隔的空地。

圍欄上頭漆著幾個大字，「七號閘門資源回收場」。

流浪漢擺手示意大偉兄妹靠近一點，大偉見到牌子，終於比較放心一點，心裡嘀咕：「原來他是要帶我們來資源回收場。」

資源回收場週末時段沒有開放，並且連一個守衛的人都沒有。鐵皮圍欄有三公尺高，一般人根本越不過去。

看著圍欄，大偉發愁道：「這我們怎麼過得去呢？」

「哈哈！小子，這你就有所不知了！」

流浪漢得意的笑著，沿著出入口左手邊圍欄走了大約五十公尺，他停下來輕輕敲了敲腳邊的鐵皮，這塊鐵皮竟然和周遭的鐵皮沒有完全密合。

流浪漢用力推動鐵皮，鐵皮應聲彎出一個角度，產生的縫隙恰巧可以容一個大人側身通過。

流浪漢利用這個縫隙進到資源回收場，大偉和妹妹的身子比大人小得多，進來更是不費力。

資源回收場，按照物品的材質種類堆滿一小座、一小座的小山。

「哇塞！」在大偉眼中看來，眼前的不是被人丟棄的垃圾，而是一座大寶庫。

見到大偉的笑容，流浪漢似乎對於自己做了一件好事感到十分滿意，笑容比剛才更大，露出的黃板牙更多。

大偉沿著一座回收物小山繞了一圈，竟然發現一個沒有用過的塑膠豬公存錢筒。

他興奮的大叫：「天啊！這個存錢筒根本就是新的嘛！太好了，我真是太幸運了。」

找到存錢筒後，大偉心中燃起一個更大的希望，眼前的回收物中，或許有更多值錢的東西，搞不好還能找到錢，這樣就能度過這一次的難關。

大偉開心的在回收物小山裡拼命挖掘，好像自己是一位考古學家，正在挖掘埋藏著人類珍寶的古代遺跡。

小美也在小山前尋找自己感到有興趣的東西，她找到一個用綠色塑膠寶石做成的蜻蜓別針，還有一個鐵製的小哨子。她把這兩樣東西放進隨身小包包，然後想要往小山上爬。

流浪漢見到小美的舉動，快步走過來，一把將小美抱下。

小美在流浪漢手中掙扎，不住大叫：「哇……不要……壞壞！」

大偉丟下手上正猶豫著該不該拿的一輛玩具小汽車，聽見小美的叫聲，三步併成兩步跑去。

「你要幹嘛？」大偉指著流浪漢說。

「她想要爬上去，這樣很危險。」流浪漢把小美放下，對著小山的頂上說。

話還沒說完，因為遭受翻動的緣故，小山上一些沒有放置妥當的物品滾落下來，大偉等人見了，立刻向後退出好幾步。

「懂我的意思了嗎？」流浪漢對大偉說。

「對不起，我誤會您了。」

大偉想到這位流浪漢好心帶他們來，還救了妹妹，自己卻疑神疑鬼的把他當成壞人，非常不好意思的說。

「哈哈！沒關係，大爺我習慣了。」流浪漢非但沒有生氣，還反過來安慰大偉。

「小美，快跟叔叔說謝謝。」

大偉右手在妹妹後腦微微出力，小美沒有抵抗，順勢向流浪漢低頭表示感謝。

「謝謝。」很簡單的兩個字，對小美而言卻是極為珍貴的兩個字。

大偉聽見小美難得說「謝謝」，驚訝的說不出話。

在非常意外的情況下，大偉和小美交到一位很特別的新朋友。

「叔叔，我們該怎麼稱呼您呢？」回家之前，大偉問流浪漢說。

「不要叫我『您』，我的名字嘛……那也不重要，我也沒興趣當什麼長輩。你要是高興，愛叫什麼叫什麼。」

「那我就叫叔叔吧！」

「隨便，哈哈哈！」流浪漢非常豪爽的大笑道。

「下次我和妹妹來河濱公園玩，再來看叔叔。」

「這個我也不知道，我不一定會待在哪個特定的地方。總之，大家有緣再見。」流浪漢回到長椅上，窩在他特地挑選的紙箱中。

大偉和小美，他們帶著今天下午各自尋找到的寶物，懷抱滿足的心情朝立夫叔叔家走去。

中間經過一處公園，大偉帶著小美到洗手台地下，把在回收場找到的東西仔細洗過一遍，確保清潔。

「今天下午做的事情，千萬不能讓叔叔和嬸嬸知道喔！」

大偉小心叮嚀妹妹，他知道妹妹絕對不可能說出去，但是他喜歡和妹妹有共同的秘密。有共同的秘密，感覺比較親密，因為沒有人會把秘密說給陌生的人知道。

回到家，已經是傍晚六點多了。

立夫叔叔和巧芸嬸嬸剛準備好晚餐，賀強已經忍不住坐在餐桌旁，挾了一大塊紅燒肉吃得香甜。

大偉帶著妹妹走進來的腳步聲，賀強一聽見，本來開心吃著的笑容瞬間一掃而空，低聲暗罵：「那兩個只會吃免錢食物的人又回來了。」

賀強快速的把桌上各個盤子裡頭的菜都扒了幾口到碗裡，加快速度想要早點吃完下桌。

他可不想跟兩個討厭鬼同桌吃飯，以免影響用餐的情緒。

立夫叔叔聞到大偉和賀小美身上有股怪味，便問說：「你們一整天去哪裡玩了？」

宋巧芸也聞到味道，摀住鼻子，一臉噁心的說：「你們兩個在外頭跑了一整天，先去洗澡吧！洗完澡再吃，免得把桌上的食物給弄髒了。」

巧芸嬸嬸的話正合大偉的意思，他有一個空檔可以把偷偷帶回來的存錢筒和其它東西，趁著這個時間收回房間。

於是大偉二話不說，帶著妹妹繞過客廳，悄悄把放在玄關角落，貼近鞋櫃中間的存錢筒和其它東西帶回房間，然後和妹妹拿著乾淨衣物到浴室。

見大偉和小美短時間內不會回來，賀強吃飯的速度又放慢下來。

「媽媽，我還想要吃一塊紅燒肉。」賀強對媽媽撒嬌說。

賀立夫見孩子明明自己可以拿得到肉，卻還是要媽媽拿，不禁搖頭，忍住笑在心裡說：「孩子終究是孩子。」

浴室裡頭，大偉幫妹妹小美擦背，小美雙手闔在一起，說什麼也不打開。

「小美，哥哥幫妳擦背，可是妳自己也要把前面洗一洗呀！」

小美抿嘴傻笑，轉身過來看著大偉。雖然妹妹的身體大偉已經看過無數次，但小美突然一臉不懷好意的轉過來，還是讓他有點害羞。

「幹嘛啦？」

「哥哥，給你。」

小美拿出一個閃閃發亮，像是仔細洗過的十塊錢硬幣，雙手捧著交給大偉。

「幹嘛給我錢？」大偉不解的問。

「生、日、快、樂。」

小美一個字、一個字用力唸出來，她的視線還是沒有辦法對準說話的對象，但她的心意絕對沒有任何猶豫。

「我都忘了。」

自從爸媽過世後，大偉有好久好久沒有眼淚要飆出來，不能自已的感覺。今天在浴室裡頭，也不知道是不是水汽太旺盛的關係，他覺得眼淚再也壓抑不住。

抱著小美，大偉哽咽著說了好多聲謝謝。

08 新來的音樂老師

大偉和小美來到賀立夫家，造成許多化學效應。其中有一個，大概就是改變了獨子賀強的生活作息。

本來賀強是個喜歡賴床的孩子，每天早上享受爸爸媽媽三催四請，把他當成小皇帝伺候的樂趣。

但如今一切都變了，本來賀立夫要賀強每天帶著小美去上學，保護她上學途中的安全。

但賀強說什麼也不願意和一位怪怪的女生一起上學，他可不希望引人側目，讓自己變成同學們取笑的對象。

剛開始，賀立夫只好自己帶姪女去上學，但很快的這份工作就被大偉取代。

「我先走了。」

才吞下口中那顆荷包蛋，賀強抓起書包就往門外衝。

「阿強，還有一塊火腿你沒吃呢！」宋巧芸想抓住兒子回來把早餐吃乾

淨，終究還是晚了一步。

賀強用參加百米賽跑的速度，推開門就往外衝，恨不得能夠立刻到學校。

大偉的早餐沒有火腿，但是有荷包蛋。

他不覺得羨慕，對現在與妹妹共同擁有的一切，他覺得只要能繼續維持下去就好。

小美吃飯比一般人慢，因為她的注意力無法持續集中，或者應該說老是集中在只有她自己在意的焦點上。照顧她吃飯的人必須很有耐心，不斷的勸誘她把碗裡頭的食物吃完。

其它事情也一樣，寫功課也需要有大偉在旁邊督促，盯著她的一舉一動，不時提醒她要把注意力轉回桌上的習題本，不然小美可以坐在書桌前毫無進度一整天。

幫忙巧芸嬸嬸收拾好碗筷，大偉帶著妹妹出門上學。

「嬸嬸，我走了。」大偉不忘跟嬸嬸說聲再見。

宋巧芸在廚房頗為忙碌的樣子，大偉沒聽見回應的聲音，逕自帶著妹妹走出家門。

走在往永育國小的路上，大偉最怕路上出現昆蟲。大偉並不怕蟲子，可是任何小蟲都會抓走小美的注意力。

還記得從前有一次，爸爸媽媽想要訓練小美自己上學，於是有一天特地讓小美一個人走到學校。

然後爸爸媽媽跟在小美後面偷看她上學的路徑。

結果，小美遲到了。

因為小美見到路邊有一群螞蟻正在搬家，於是她一路跟著螞蟻搬家的道路，直到找到螞蟻們的窩才意識到自己應該去學校。可是螞蟻窩和前往學校的路完全不同，最後還是靠著爸媽親自送去，才讓小美趕上那天的第二堂課。

走進校門，來到離行政大樓最遠的特教班教室外，許老師正在跟幾個提早

到的孩子們說話。

許老師見到小美，對她說：「小美早。小美，老師跟妳問早，妳要跟老師說什麼呢？」

「老、師、早。」

小美看著哥哥，嘴裡卻是向老師打招呼。

「今天也麻煩您了。」大偉對許老師說。

看著小美，大偉拿出那枚妹妹送的十元硬幣，說：「小美，要乖喔！」

親眼看著妹妹走進教室，大偉立刻加足馬力往培續國中狂奔。

這個例行公事簡直快變成他每天早上上學前的晨間運動，每天早上跑完這一陣，早上四節課都得打起一百二十分的精神，努力撐到午休時間再睡個夠本，然後才有充足體力面對下午四節課的挑戰。

在學校的時間，大偉幾乎沒有時間想其它任何事情的雜念。

開學已有三週，永育國小三年級特教班出現比較少見，學期中的任課教師異動。

三年級導師許老師，以及幾位專門負責特教班的老師聚集在辦公室，彼此交頭接耳。

「聽說教音樂治療的馬老師申請留職停薪？」

「怎麼那麼突然？」

「聽說是最近才發現懷孕三個月，所以……」

「嘖嘖！現在的年輕人都這樣，先上車後補票。」

「呵！李老師你可得多注意你家那位讀大學的千金唷！」

「幹嘛說著說著扯到我女兒！」

老師們七嘴八舌，辦公室一時活像菜市場，八卦在他們嘴邊流傳。

「咳咳！」教務主任走過來，故意咳嗽兩聲。老師們聽見都紛紛閉口不談八卦。

「因為馬老師請產假的關係，這一年的音樂治療課程要換人指導，但是學

校其他音樂老師都沒唸過特殊教育，所以上面決定聘任代課老師，好讓這門課順利進行。」

教務主任蒼老的聲音，帶有一股權威感。畢竟以他的輩份，可以說是在場老師們的老師。

老師們聽到這個消息，都很羨慕馬老師的好福氣，嫁給一個家境不錯的老公。

懷孕沒多久就自請留職停薪一年，而不用煩惱收入的問題。

教務主任接著對許老師說：「許老師，特教三下午就有音樂治療課，我已經叫代課老師等一下就來報到，到時候還麻煩妳順便帶這位老師認識一下本校。」

「我會的，謝謝教務主任。」

教務主任將新老師的簡單履歷交給許老師，開始每天例行性巡視各年級教室的工作。

教務主任一走，老師們又開始交頭接耳起來。

年紀較老，專門教導「生活教育」的李老師話中有話的說：「這次來的新老師大家可得好好注意，我聽說這個老師來頭可不小。」

「怎麼說？」

大家聞到八卦的味道，又變得三姑六婆起來。

「現在專任缺少，代課老師缺也不多，尤其這種一年一簽的。咳……接下來我說的，你們可別跟其他人說。」

李老師一副小心謹慎的樣子。

「快說。」

有位老師等得不耐煩，催促道。

「聽說這位可是督學家的千金，只是剛從教育大學畢業沒兩年，還在等專任缺。」

「原來如此，這可是關係到評鑑等工作，不能怠慢呢！」

「總之，大概就是這樣。」

老師們拿著課本和教具，各自前往教室上課。

午休時間，一般老師會在辦公室用餐，特教班的老師則必須待在教室，看管指導孩子們用餐並注意孩子間會不會做出什麼有違常態的舉動。

一位穿著鵝黃色洋裝，臉上還帶著稚氣，染著一頭亮棕色俏麗短髮，身材修長的年輕女子輕敲「特教三」的教室前門。

許老師見了，放下手上便當，過去向女子握手問好：「妳是黃依蓓，黃老師吧？本人比照片上還要漂亮呢！」

黃依蓓聽許老師讚美她漂亮，微微臉紅，說：「哪裡的話，接下來一年時間，還要麻煩前輩多多指教。」

「我們這裡不分什麼前輩、後輩，一旦站上講台就是老師，就要負起老師的責任。話說我從早上忙到現在，都還沒有時間看教務主任給我的簡歷。」

「不打緊，我也沒有什麼顯赫的資歷。」黃依蓓謙虛說。

「妳太客氣了，黃老師以前有唸過特教嗎？」

「有修過特教學程。」

「之前在哪邊實習？」

「在洄水國小，不過那裡沒有特教班，所以嚴格來說不算有在特教班任教的經驗。」

「這樣啊……沒關係，經驗只要做了就有。」

許老師拉著黃依蓓的手腕兒，一一向班上的學生介紹這位老師，同時也向她介紹這班學生的成員組織。

「我們班上最多的是自閉兒，其次是視障生和聽障生，本來有一位輕度智障的孩子，但是上學期轉走了。」

「嗯嗯！」

黃依蓓一邊聽許老師說，一邊努力記住各個學生的特徵。

到了小美旁邊，許老師輕拍小美的肩膀，要她抬起頭和黃依蓓打個照面。

然後對小美說：「小美，這是新來的音樂老師，黃依蓓老師，以後音樂課就由她教你們唱歌。上課的時候要乖，知道嗎？」

小美凝視黃依蓓兩三秒，低頭繼續拿叉子玩弄餐盤裡頭的胡蘿蔔。

許老師轉頭對黃依蓓說：「這個小女孩滿乖的，不吵不鬧。不過教學上的回饋反應不大，需要相當耐心。」

黃依蓓沒有特別留意小美，跟著許老師介紹的順序，繼續往下認識其他孩子。

介紹完班上全部的孩子，許老師對黃依蓓說：「基本上大多數的課都會有一位以上的老師協助，以及一些義工和來自教育大學的輔導員。所以妳不需要緊張，特教班的孩子也是孩子。」

「那等一下音樂課還要麻煩許老師協助。」

「沒問題！」

教室裡頭有一台電子琴，就在講台右側。

黃依蓓走過去輕輕觸摸了一下電子琴的琴蓋，下意識的想要掀起琴蓋彈琴。但是她手上的動作進行到一半便停了下來，她凝視著電子琴，嘆了一口氣。

09 罰站

培續國中的第七節下課比平常下課時間多五分鐘，因為第七節下課是全校性的打掃時間。

大偉就讀的一年五班，打掃的工作分配是按照抽籤決定，然後每個人一個學期會輪到三種不同的打掃工作。而轉換打掃工作的兩次機會則是第一次期中考，以及第二次期中考後。

第一次期中考不知不覺即將到來，就在下下禮拜的禮拜三。

全校同學看起來還是快快樂樂的在打打鬧鬧，但明眼人都看得出學校的氣氛變得和平常不大一樣。

尤其是國一的學生，他們將要面對分班的壓力，誰都不希望自己落到次段班。

老師們說的好聽，但大家都知道次段班就是所謂的「放牛班」，一旦落到次段班，想要翻身回到普通班，甚至猛進到上段班，基本上都跟沒練等就直闖最後一關打魔王般困難。

不只是老師們會給學生壓力，家長們給的壓力更是有過之而無不及。

大偉相較其他同學，他的壓力小的多，因為家裡沒有人會給他壓力。會關心他功課的，除了老師、幾位競爭關係的同學，大概只有忙碌於工作的立夫叔叔偶爾會問一兩句。

憑著按部就班的學習，大偉目前的成績表現還可以，大概是全班中段，詳細的表現還要等到第一次段考洗禮後才會明朗。

大偉拿著長竿子抹布，正在擦天花板的吊燈，以及教室左右兩旁的天窗。透過窗戶，大偉看見外頭的夕陽。夕陽將天空染得紅澄澄的，天空變色的情況，有如紅柿子。

掃完教室左邊的天窗，大偉轉到教室右邊要清理這一側的天窗。

王譽漢雙手拿著一本點名簿，擺在後腰上。

見到大偉，王譽漢內心鬱悶的唸道：「班上就屬這傢伙最不知長進，其他人都交了參考書的錢，就只有他跑來跟我說要來個什麼分期付款。」

王譽漢一一巡視班上同學們掃地的情況，來到大偉身後，拿起點名簿就往大偉的頭小力敲下去。

大偉受痛，手上的長竿子一下沒拿穩而脫手。這時正在擦第二排桌子的同學沒有注意到，被長竿子打個正著。

「好痛喔！」

被打中的同學抱頭倒地，一邊翻滾，一邊大叫。

「不好了，流血啦！」同學們聞聲跑過來圍觀，見到被打中的同學腦袋上滲出血，失聲慘叫。

王譽漢推開圍成一圈的學生們，將倒地的同學扶起來，然後對周遭其他同學說：「有什麼好看的，快點給我回去掃地。」

然後對班長說：「班長跟我來，一起把他扶到保健室去。」

大偉擔心同學，對於自己不小心沒拿穩長竿子抹布，因而導致同學受傷，內心非常自責，緊張的嘴唇發白。

和受傷同學感情最好的，恰巧是班上的風紀股長張建威，他原先在外頭走廊拖地，聽見好友慘叫便第一個跑進來。

他看見長竿子抹布是從大偉手上掉下來，而大偉剛剛竟然動也不動，像個傻瓜般站在那裡眼睜睜看自己的好友在地上哀號。

張建威氣不過，衝過去抓住大偉的領子，怒道：「臭小子，你竟然傷了我朋友，看我跟你拼命。」

電光石火，張建威一拳朝大偉臉上打去。大偉反射性的把頭一偏，躲開了這一拳。

年輕人血氣方剛，賀大偉可不甘心就這麼白白被打，用力扯開張建威抓著他領子的手。這一扯，制服襯衫靠近領口的兩顆釦子脫落，飛到教室地板上。

「賀大偉，有沒有種！跟我去外面走廊單挑！」張建威氣得眼睛快冒出火來，大拇指朝教室外走廊一揮，對大偉說。

大偉的雙眼說不出是被誤會而感到難過，或是莫名被同學攻擊而感到憤怒，他的雙眼通紅，直盯著張建威。

教室外頭的人越圍越多，眼看衝突就要一觸即發。

其它班級的同學們都丟下手上的掃地工作，大家都在起鬨，想要看一場血淋淋的鬥毆場面。

被分派負責這一層樓廁所的郭宗興，位置離一年五班教室有一段距離，他聽見廁所外面其他人說話的內容。

「聽說有人打架！」

「哪裡、哪裡？」

「一年五班啦！」

他抱著好奇心走回教室。

郭宗興沒想到事件的主角之一竟然是自己的朋友，快步上前阻止。

「建威、大偉，你們冷靜一點！」

郭宗興是班上的體育健將，但他也不敢擋在兩人之間，只能盡量靠近他們，同時對他們喊話。

剛開始，聚集的同學幾乎都是奇數班，也就是男生班的同學。後來因為吆喝聲實在響亮，就連樓上偶數班，女生班的同學也有人跑來想要看個熱鬧。

大偉緊閉雙唇，沒有回應張建威，也沒有回應郭宗興。他緩步往走廊上走，默認了張建威的挑釁。

張建威看賀大偉答應跟他單挑，解開襯衫釦子，脫下襯衫甩到自己的位置上，露出襯衫底下那件在國外工作的爸爸特地買給他的英國名牌T恤。

走廊上，同學們很自動的清出一個三公尺見方的空間。

這已經是決鬥範圍的極限，因為擁擠的人群外圈不斷有想要看熱鬧的人加入，有一股不斷向圓心集中的力量。

大偉面對滿臉怒氣的張建威，首先開口：「對不起，我不是有意打傷同學的。」

聽到大偉的道歉，張建威反而更火，朝他怒喝：「說對不起有用嗎？都已經傷到人了。哼！如果說對不起就沒事的話，你就讓我打你幾拳，然後再對你說對不起，怎麼樣？」

「如果這樣可以讓你滿意的話，那好吧！」

大偉在心裡對自己說，他真的不希望跟同學發生衝突，可是傷害終究已經造成，他只能自責。

張建威看賀大偉動也不動，似乎在放空，對他喊話：「你到底要不要出手？不出手……」

話還沒講完，張建威一個箭步上前，使盡吃奶的力氣出右拳打在大偉胸口。

大偉頓時眼前一黑，向後退了好幾步。想要努力保持站姿，奈何頭暈目眩，雙腿一軟單膝跪在地上。

「咳……」

大偉覺得胸口中了這拳，變得難以呼吸。可是他不想求饒，因為雖然他有錯，但他並不覺得用暴力可以解決問題。

不等大偉想出更好的解決辦法，張建威的攻勢再起，穿著飛人喬丹最新一代球鞋的右腳瞄準大偉的頭踢去。

算大偉運氣還不錯，剛好因為受傷身體癱軟，造成張建威踢向他頭部的角度頗為彆扭，沒踢中頭部，倒是扎實踢在大偉的左肩上。

大偉在地上滾了一圈，人群跟著大偉不斷受到攻擊後退而後退。

張建威沒想到竟然這麼容易就把大偉打倒在地，原本內心有點不知所措，畢竟他其實也不是什麼喜歡傷害人的壞孩子。

可是，那些看熱鬧的同學不斷吆喝，不斷鼓譟，他有一種好像自己變成英雄的快感。就像漫畫裡頭漫畫家描繪的男主角，永遠都是勝利的一方，並且永遠都是正義的一方。

想要收手，但聽見旁邊人們不住叫喊著。「上啊！給他致命一擊！」「怎麼停手啦？你應該還有絕招沒拿出來吧？」「飛踢、飛踢、飛踢……」「上！」「上！」「上！」

張建威已經不能思考了，他隨著群眾鼓譟的內容，發足往大偉衝去，他高舉右拳，要用這一擊滿足觀眾們的欲望。

「住手！」

迴盪在校園的一聲大喝，所有人都安靜下來。就連被群眾鼓譟沖昏頭的張建威也不得不醒過來，恢復理智。

培續國中全校模範生，從國一入學到國三迄今都是該年級第一名的優秀學生葉思婷干涉這場不對等的決鬥。往往葉思婷出現的地方，她就會變成眾人注目的焦點。

葉思婷冷冷的看著打人和被打的兩人，說：「都不要再鬧了，想把培續國中的臉給丟盡嗎？」

郭宗興可不敢得罪這個全家族都喜歡的掌上明珠。

第八節，張建威和賀大偉都在訓導處邊罰站，邊聽老師們一一過來訓斥。

老師們訓斥張建威的時間不多，因為張建威的媽媽一接到電話就從家裡趕過來，她一進訓導處，就先是哭哭啼啼的抱著兒子向在場所有老師賠不是。

「老師，對不起，都是我沒有管教好建威，回頭我一定和內子好好修理他，教導他，不讓他再做出違反校規的事。」

向老師們低頭道歉只是開場白，見老師們的態度軟化，張建威的媽媽話頭漸漸從道歉，轉而述說兒子今天打架，不完全是兒子的錯。

「發生這種事，大家都覺得很遺憾。可是我聽建威的同學說，建威是因為有人欺負他的朋友，因為想幫朋友出氣才打架。哎唷！我早就跟建威說不要太善良，太善良會傷害自己的。」

張建威的媽媽眼角不斷斜視著在兒子旁邊罰站的賀大偉，對老師們暗示真正該責罵的人應該是賀大偉，而不是他的寶貝兒子。

「好了，我們都知道了。」

王譽漢不想跟張建威的媽媽繼續說下去，畢竟身為導師，他自己該負的責任也不小。

更何況，整件事情會弄成現在這個樣子，可以說他也是兇手。

然而，大偉從頭到尾都沒有提過被老師敲頭，以至於掃地用具鬆手，進而打中同學頭部的因由。

王譽漢一時也弄不清楚大偉不把他抖出來的原因，他對於自己多少也有些自責，於是也懶得跟家長們周旋。

撇開張建威這邊不談，王譽漢第一時間也打了電話給賀大偉學生資料卡上填寫的住家電話，接電話的宋女士說要來，可是都過了一個鐘頭還沒見到人。

對照資料卡上的住家地址，賀大偉家裡離學校應當沒有那麼遠才是。

也是因為這次事件，王譽漢第一次認認真真閱讀大偉的學生資料卡。他發現監護人一欄只有填上「賀立夫」一個人的名字。之前他沒仔細看，以為賀大偉來自單親家庭，漏看後頭兩人關係寫著「叔姪」。

「難道？」

王譽漢意識到，賀大偉的家庭狀況恐怕不像一般孩子健全。向賀大偉問說：「大偉，你的監護人為什麼沒有爸爸媽媽的名字？」

大偉慘淡的說：「他們都不在了。」

張建威的媽媽本來還在跟其他老師囉哩囉唆的講個沒完，聽見大偉的話，頓時安靜下來。

整間訓導處，靜悄悄的沒有一點兒聲息。

10 天生我材必有用

音樂治療是藝術治療的一種，希望藉由音樂的力量，幫助孩子們學習，而透過音樂治療主要針對的是性情上的教養。

有些知識和常識，對於某些孩子來說是很難去記憶的，但透過兒歌傳唱的旋律，本來難以記憶的東西因而得以較為容易的被孩子們記憶，而記憶是為了幫助孩子們瞭解。

黃依蓓讀過音樂治療的基本概念，也用在一般的孩子身上過，但真正面對特殊的孩子們，她可是第一次上陣。

請孩子們打開課本，黃依蓓坐在電子琴前，先是解釋了一下兒歌歌詞。今天第一節課要教的是《紅綠燈》這首歌：

「走過馬路要小心，看看紅燈和綠燈。」

「嘿嘿！不能走！嘿嘿！不能走！紅紅的燈不能走。」

「嘿嘿！快快走！嘿嘿！快快走！綠綠的燈快快走。」

「嘿嘿！要注意！嘿嘿！要注意！黃黃的燈要注意。」

簡單四句，卻是教導孩子們辨識紅綠燈信號意義的方法。然而，像賀小美這樣的孩子，他們和外界溝通有著不同普通人的管道。

黃依蓓在前面複誦幾遍，然後要底下小朋友跟著唸，但沒有一個小朋友理睬她。

黃依蓓有些懊惱，但她秉持以前在教育大學學習的知識，下來面對每個孩子，親自一個個唱給他們聽。

許老師和一位輔導員在旁邊看，直搖頭。

許老師馬上提供協助，在黑板上用綠色、紅色和黃色粉筆畫了紅綠燈的三個燈號。

然後要孩子們一個接著一個到黑板前，一一指給他們看，同時在不同燈號前面唱相關的兒歌歌詞。

黃依蓓反應還算快，馬上瞭解許老師這樣做的意思，也跟著在一旁用同樣的方式指導小朋友。

「小朋友，這是黃燈。好，我們來唱。『嘿嘿！要注意！嘿嘿！要注意！黃黃的燈要注意。』聽懂了嗎？沒有的話，我們再唱一次……」

剛開始，孩子說不出歌詞的字句，但漸漸的至少能哼出一小段旋律。

黃依蓓感受到孩子們的進步，從失望轉而有精神，唱歌的聲音越來越大聲。

跟著輪到小美，黃依蓓指著綠燈，唱歌給小美聽。

「嘿嘿！快快走！嘿嘿！快快走！綠綠的燈快快走。」然後問她說：「小美，見到綠燈要怎麼樣呢？」

小美低頭看著自己的手指頭，根本不理黃依蓓對她說了些什麼。

黃依蓓又試著唱了兩遍，小美還是低頭看著手指頭。黃依蓓不得已，用手將小美的頭抬起朝向黑板。

小美用力掙扎，一臉無辜的看著老師，然後繼續低頭關心手指頭。

黃依蓓不敢再逼她，只好請輔導員帶她回到座位，然後換其他小朋友到前面來。

折騰了兩節課，黃依蓓覺得精疲力盡。

之前在其他學校當代課老師，經常一天上六、七節課，但她從來沒有覺得竟然兩節課就能把她的體力消耗到近乎虛脫的程度。

回到辦公室，黃依蓓坐在位子上，教務主任端了杯咖啡給她。

「怎麼樣，第一天上課還順利嗎？」

「謝謝主任關心，說真的還滿累人的。」

「特教班的孩子比較不一樣，是需要花更多時間去瞭解、關切和教導。」教務主任喝了一大口咖啡，接著說。

「我不知道自己究竟適不適合擔任特教班的老師？」

黃依蓓左手托著額頭，滿臉沮喪。

教務主任放下咖啡，說：「老師不只是一門職業，因為我們所面對的不是花錢跟我們買東西的客人。相反地，老師是主動的將知識傳授給學生，希望學生未來能夠成為國家的棟樑，當未來的主人翁。真要說，老師這工作比較像是傳教士。」

「主任，可是老師也是人，也會遇到困難，也會覺得累，不是嗎？」

教務主任端起咖啡，一大口喝乾。

沉默了幾秒鐘，對黃依蓓嚴肅的說：「沒有人逼妳當老師吧？妳自己選的路，妳自己就得負責。」

黃依蓓摸著手中裝著咖啡的杯子，她不知道該怎麼回答主任所說的話。

「幫我跟令尊打聲招呼。」教務主任說完這句話，便留下黃依蓓一個人坐在位子上。

黃依蓓門牙咬了咬下嘴唇，在心裡掙扎著說：「我也不想當什麼老師，可是現在除了當老師，我又會什麼呢？」

一路唸音樂，念到教育大學音樂系。

比起當老師，另外一條路原本才是黃依蓓想要走的。只是那條路更艱辛，以至於黃依蓓最後選擇了放棄。

「絕大多數唸音樂的人，除了當老師還能做些什麼呢？」和許多同儕和前輩一樣，最後他們走向教師這條路。

只是有的人走得心甘情願；有的人就像黃依蓓走得萬般無奈。

放學後，孩子們嬉鬧著跑步回家。

黃依蓓沒有馬上離開學校，她想要趁著在學校的時間好好把教案和學生們的相關資料認真讀過幾遍。

既然當了老師，她有點認命，一心只想著至少要盡到最基本的責任。

只是簡單瀏覽一遍，黃依蓓就有點讀不下去了，她起身在校園裡散步。少了孩子們的校園，安靜的宛如另外一個世界。

不知怎麼的，黃依蓓又走到下午才荼毒過她的「特教三」教室，她推開門，走到電子琴前面，打開開關。

手指觸摸著鍵盤，黃依蓓覺得自己彷彿又能做起當音樂家的夢。

教育大學畢業音樂會演奏的那首曲子：波蘭作曲家蕭邦作品op.22《流暢的行板&華麗大波蘭舞曲》。

「還是學生時代最好啊！無憂無慮，可以完全享受與音樂合而為一的快樂。」

黃依蓓才彈了四個小節，馬上沉浸在自己學生生活的回憶中。

悠揚的琴聲傳出教室外。

一個小黑影從教室外悄悄走了進來，乖乖的坐在教室中屬於自己的位子上。

黃依蓓演奏得十分出神，沒有注意到教室內其實多了一位聽眾。直到行板結束，轉調的休止符，她才見到教室裡頭還有其他人。

「誰？」

定睛一看，是個小女孩。黃依蓓走到教室牆邊，打開日光燈開關，見是小美坐在自己的椅子上。

她看著電子琴的方向，臉上掛著平和的笑容。

黃依蓓回到位子上，又彈了幾個小節，於此同時她關注著小美的反應。

樂曲一展開，小美臉上的笑容就越來越甜。

先是頭會搖晃，跟著身子都會跟著樂曲的節奏和內容變化左搖右擺，非常入神的進入樂曲的世界。

黃依蓓暫停演奏，對賀小美說：「妳喜歡音樂嗎？」

樂曲一停，小美很快的又開始變得沒有精神，呆坐在位子上。

抱著姑且一試的心情，黃依蓓換了一首曲子，是法國作曲家聖桑的《天鵝》。

這首曲子輕柔許多，意境也比較明確，使得黃依蓓可以一邊演奏，一邊和小美對話，而不會讓樂曲的聲音蓋掉對話的聲音。

「妳喜歡音樂嗎？」

賀小美點頭。

「喜歡電子琴的聲音嗎？」

賀小美又點頭。

黃依蓓簡直不敢相信。

她找到了一條跟患有自閉症的孩子，一條雖然不是每個人都適用，但至少適用於小美身上的一條通道。

「老師教妳彈電子琴，好不好？」

站起身，黃依蓓走到小美身邊，溫柔的抓住她的手，走到電子琴前和她坐在一起。

小美完全沒有不合作的態度。

黃依蓓幾乎可以相信賀小美真的喜歡音樂，對於彈電子琴也絕對有濃厚的興趣。

然而，黃依蓓萬萬沒想到，小美是個超乎她想像，極為不平凡的孩子。

再次，聖桑的《天鵝》再次起舞。

由於黃依蓓和賀小美靠著比鄰而坐，所以她不但能感受到賀小美隨同音樂的律動感，還能聽見賀小美哼著音樂的聲音。

小美的哼聲特別大，黃依蓓想不聽見都難。

小美看著手指頭。只是這次她看的不是自己的手指頭，而是在琴鍵上來回跑動，黃依蓓正在演奏樂曲的手指頭。

「搭噹啦……搭噹啦搭……」

黃依蓓沉浸在自己的音樂裡頭，

她能聽見自己的琴聲以及小美的哼聲。

就在樂曲演奏到盡頭，黃依蓓很滿足的對天空吐了一口氣。

她發現自己還是熱愛音樂，還是很喜歡和音樂在一起的時刻。

「搭噹啦……搭噹啦搭……」

黃依蓓緩緩睜開雙眼，從陶醉之中她被電子琴的聲音拉回現實世界。

這個聲音是方才她演奏的聖桑的《天鵝》，可是她的手已經停下來，是誰在彈奏這首曲子？

黃依蓓雙手摀在張大的嘴巴前面，她不敢置信的望著眼前景象。

小美用緩慢，但是正確的節奏和指法，演奏她才剛演奏過的《天鵝》。

11 彈琴好好玩

「怎麼可能？」

黃依蓓被小美演奏電子琴的情景給嚇到，腦海裡頭轉過幾個念頭，然後她對自己說：「這孩子以前大概有學過鋼琴，這首曲子本來就是一些學音樂的孩子小時候必彈的名曲之一。」

這時，教務主任正在例行性的執行放學後察看校園的工作。

他經過特教三教室，見到黃依蓓和一位女學生沒有回家，坐在教室裡頭，走進去對兩人說。

「妳們怎麼在這裡？放學後的教室基本上是不開放的。」

「主任，對不起。我只是想彈彈琴。」

「我老遠就聽見電子琴的聲音了。咦！這個孩子是誰？是妳的學生嗎？」

「可以這麼說吧！這是特教三許老師班上的學生。」

「許老師班上的學生？都放學快一個鐘頭了，怎麼還有學生逗留在校園裡頭？」

教務主任察覺事情有異，走過來彎腰問賀小美：「小朋友，妳怎麼不回家呢？家裡的爸爸媽媽沒有來接妳嗎？」

小美抓著裙襬，說：「哥哥，會來。」

「啊！」

教務主任對於小美的印象一下子鮮明起來。

他偶爾會在校門口督促學生，對於遲到的學生會給予在校門口罰站五分鐘的處罰。

他有幾次早上在校門口見到一位國中男生帶著賀小美，總是比大多數孩子早半個小時來到學校。

「我有印象，那妳哥哥呢？」

教務主任特意用和藹的笑容對小美說。

小美輕輕搖頭，表示她不清楚。

教務主任、黃依蓓和賀小美，三人回到辦公室。教務主任翻開通訊錄，撥打電話至賀小美登記的住處。

電話響了二十多秒鐘，才有人接起。電話那頭是一位小男生的聲音，正是賀強。

「喂！哪裡找？」賀強不客氣的說。

「你好，我是永育國小的教務主任，請問賀小美的家長在嗎？」

電話來的時候，賀強正在打電動，可是媽媽在房間換衣服，爸爸又還沒回家。

他起初根本不想接，無奈電話響了半天就是沒有人要接，他只好接起來。聽見是學校看起來嚴肅到不行的教務主任，差點嚇得連話筒都掉到地上。

賀強趕快叫媽媽：「媽！我們教務主任電話。」

宋巧芸正要出門，在房間正在換外出的衣服。

耳環穿了一邊，聽到兒子學校的教務主任來電，拎著另外一支耳環，趕緊出來接過電話。

「您好，我是賀強的母親，敝姓宋。」宋巧芸的聲音極為溫柔婉約，賀強在一旁聽了都不禁渾身冒起雞皮疙瘩。

「賀強？喔！請問是賀小美的母親嗎？」教務主任有點搞不清楚怎麼回事的說。

「我不是賀小美的母親，但內子是她的監護人。」

「原來如此。」

教務主任翻了翻賀小美的資料，這份資料是當初賀立夫帶她來學校的時候順便幫她填的。

裡頭所寫的內容並不是很詳細，就是一些簡單重要的地址、電話，監護人那欄賀立夫寫上自己的名字，但是沒有特別寫上與賀小美的關係。

宋巧芸沒有拿著話筒的另外一隻手緊緊握拳，朝置放電話的茶几用力一敲，失聲叫道：「該不會這小妮子也給我闖了什麼禍吧？」

教務主任在話筒另外一端越聽越是滿頭霧水。

一旁黃依蓓因為是學音樂的，聽力相當敏銳。

教務主任和宋巧芸的對話她全聽得明明白白，而她也是覺得宋巧芸說的話讓她摸不著頭緒。

宋巧芸叫得更是厲害：「天啊！我老公還沒回家。這兩兄妹給我搞這什麼亂七八糟的！主任你等等我，我現在就過去你們那邊。」

「好的，我們在校門口警衛室等您。」

看見教務主任沈默不語的樣子，黃依蓓想肯定不是什麼好事，關切的問：「主任，怎麼了嗎？」

「家家有本難唸的經。」

教務主任說完，便帶著兩人一起前往校門口的警衛室。

培續國中的警衛室，王譽漢和賀大偉坐在裡頭。

警衛先生要通宵值班，跑去買晚餐。

王譽漢和賀大偉，兩人均不發一語。

大偉覺得自己今天簡直倒楣透了，所以什麼都不想說；王譽漢則是對於自己沒有察覺到學生的特殊情況，並且沒有適時阻止學生間的衝突，感到自責而說不出話。

「你爸媽過世很久了嗎？」

王譽漢摸摸眼鏡，想要用若無其事的輕鬆口吻，在不影響對話氣氛的前提下，好好和賀大偉聊聊。

從入學以來，沒有人問過大偉關於父母的問題，所有人都把「孩子有父母在身邊」視為理所當然。

「到今天剛好是三個月又十三天。」

大偉面無表情的說。

「開學到現在，你怎麼都沒有跟老師說。」

「說了又能怎樣？」

大偉坐在椅子上，雙手倚著膝蓋。

他靠著牆，一臉疲憊。

「如果有老師能幫忙的，儘管跟老師說。」

王譽漢想拉近和學生之間的距離，情意懇切的說。

大偉想謝謝老師的好意，可是話哽在喉嚨就是說不出來。

畢竟之前一天到晚被老師訓話，一下子見到老師態度一百八十度的大轉變，他沒有辦法坦然接受。

「家裡的情況還好嗎？參考書的錢如果實在付不出來，老師願意幫你負擔。」

「這點錢我可以的，老師不用擔心，不會給老師造成麻煩。」

「你……」

王譽漢聽得出大偉的不滿，但他知道如果不按捺自己的脾氣，和學生之間的裂痕恐怕一輩子都沒得補救。

月亮在天邊靠近地平線的一端升起，警衛室中，王譽漢和賀大偉就這麼進行有一搭、沒一搭的對話。

宋巧芸趕到永育國小，到了警衛室見著教務主任，連忙道歉。教務主任也藉這個機會，將新來擔任特教班音樂治療課程的黃依蓓老師介紹給宋巧芸認識。

「主任，不好意思，我來晚了。出門前家裡剛好有其它要事，所以耽誤了一點時間。」

「快別這麼說，只是下次如果有要事需要老師協助看顧孩子，還是先打一通電話來會比較好。」

「主任說的是，下次我一定會注意。」

「對了，這是特教班新來的老師，黃依蓓黃老師，她有教小美的音樂課。」

宋巧芸見這位老師氣質出眾，還不忘稱讚黃依蓓。

「黃老師真是有氣質，學音樂的果然不一樣。」

「這位太太您客氣了。」

教務主任等宋巧芸和黃依蓓客套幾句後，問說：「平常都是誰接小美回家的呢？我聽小美說，好像是他的哥哥？」

「對，但是他哥哥今天剛好學校有事，所以沒有辦法來接小美回家，這才由我代勞。」

「升學壓力一年比一年重，學生也很辛苦啊！總之，有勞您了。」

教務主任看宋巧芸是位頗為熱心的女士，也顧慮賀小美應該想趕快回家，就將小美交給宋巧芸。

臨行前，黃依蓓揮手對小美瞇眼笑說：「明天來學校，老師再教你彈琴。」

小美回頭對黃依蓓眨眼，靈巧的眼珠子充滿對明天的期待。

「快點走好！我們還要去你哥哥的國中接他呢！」

宋巧芸用力一拉小美的小手，快步走去。

到了培續國中警衛室，等待的不是學校主任，僅僅是一般老師，而且跟自己的兒子沒有什麼利害關係。宋巧芸的態度比較沒有面對永育國小教務主任那般做作。

「賀太太，有空我想和您先生聊聊大偉的情況，不知道什麼時候比較方便？」

王醫漢覺得自己對賀大偉瞭解的實在不夠多，想要更進一步，好讓自己在教學上能對賀大偉帶來更有用的幫助。

「這個，我回去跟內子商量商量，再跟您說。」

宋巧芸隨口和王醫漢寒暄幾句，就想趕快把賀大偉帶回家。她不喜歡沒事出來賣老臉，對老師們陪笑。

才和王醫漢揮別，宋巧芸的臉整個垮下來，她對著走路速度不快的賀小美，以及鼻青臉腫的賀大偉怒道：「我真是受不了你們兩兄妹，平常在我們家白吃白喝也就罷了！怎麼連安分守己，不要為非作歹麻煩別人，這麼簡單的事情都做不到，我真是會被你們給氣死。」

指著自己的臉，宋巧芸繼續說：「你看，我這條魚尾紋肯定就是被你們氣出來的。」

又說：「對了，剛剛那個黃老師說什麼學鋼琴啥的？我醜話先說在前頭，我們家可沒有那個閒錢讓你們兩兄妹去學才藝，知道嗎！」

大偉隱忍了大半天的怒氣，看在立夫叔叔一家讓他和妹妹有地方遮風避雨的份上，他不敢也不願意和巧芸嬸嬸吵。

可是巧芸嬸嬸惡毒的用詞快要逼近他能接受的極限。

無論別人怎麼誤會他、責罵他，他都可以接受，但他不能接受有人侮辱與傷害自己唯一的妹妹。

斬釘截鐵的對宋巧芸，大偉做出他最大極限的「惡言」相向：「嬸嬸您放心，等我畢業，我會儘快找到工作。屆時我會帶著妹妹搬出去住，絕對不會再跟您添一、丁、點、麻、煩。」最後幾個字，大偉字字唸得用力。寄人籬下的生活，他已經受夠了。

宋巧芸沒見過大偉充滿反抗性的眼神和態度，有點畏懼的吞了吞口水，厭惡的看了他和小美一眼，自顧自的在前頭快步離開。

大偉牽著妹妹，行走的速度像是在散步。

明明已經接近晚上七點，明明肚子應該很餓，大偉卻覺得只有跟妹妹兩個人在一起的時候，自己才能真正感到安心。

小美緊握哥哥的手，她沒有吵鬧，努力跟著哥哥的步伐，不想落在哥哥後頭。

「對了，剛剛聽嬸嬸說，妳喜歡彈琴呀？」大偉和藹的看著妹妹說。

「喜歡。」

「有多喜歡？」

「喜歡、喜歡、喜歡！」

小美表達感情的文法，就是將一個詞重複說好多次。

「下次也讓哥哥聽妳彈琴吧！」

賀大偉捏著賀小美粉嫩的小臉蛋，他也想聽看看，透過琴聲，妹妹說了些什麼。

12 兩個人的音樂課

半碗飯，對於小美來說還不會有吃不飽的問題。

小孩子本來就吃不多，更何況小美對於吃的欲望，基本上僅限於巧克力、牛奶糖等具有甜味的食物。

半碗飯，如果是給正是發育的重要時刻，每天都很重要，而且習慣跑跑跳跳，白天、晚上又是考試、唸書兼顧的國中男生，根本就不夠。

大偉每天早餐幾乎都是剛吃完，連第二節課都撐不到就再次被飢餓感打擊的暈頭轉向。

和張建威發生衝突的這一天，他的晚餐被取消了。

賀立夫加班到晚上將近九點才回到家，妻子向他述說這一天學校發生的事。關於大偉和同學打架，造成妹妹被丟在學校沒有辦法回家。

聽完妻子的述說，賀立夫走到客廳，對正在玩電視遊樂器的賀強說：「阿強，給我回房間寫功課。」

賀強盯著電視螢幕，不甘願的說：「再給我玩一下，我這一關就快要破了。」

「叫你進去，你沒聽到嗎？」

賀立夫很少對孩子發脾氣，好好說話沒辦法給賀強造成太多的壓力。可是賀立夫現在的怒火，就連遲鈍的賀強都感覺的出來，如果自己再不當一回事，等一下萬一不小心被遷怒，倒楣的還是自己。

賀強覺得很委屈，暗罵大偉和小美：「靠！又被這兩個人『帶賽』了。」

宋巧芸用餐盤端了一些食物，放在大偉和小美房間的桌上，對在房間裡頭的小美說：「這是妳的晚餐，等一下乖乖在房間吃飯，可別出來。」

小美坐在床沿，她望著宋巧芸，用一種疑問的眼神彷彿在對宋巧芸說：「哥哥，他會怎麼樣呢？」

大偉在訓導處罰站了一節課，回到家只是換個地方罰站。

客廳留下的，站著的賀大偉，以及坐在沙發上的賀立夫。

一對叔姪，此時看起來，倒像是彼此毫無血緣關係，比較像是法庭中，接受訊問的犯人與負責訊問的法官之間的關係。

起頭，賀立夫不知道該怎麼說才好。

他心疼哥哥留下的兩個孩子，把他們接到家裡來，想要給他們一個溫暖的成長環境。

可是，自己到頭來，似乎讓哥哥在天上也不得安寧。

「唉……」

賀立夫嘆了許多口氣，每一口氣都有他的自責，自責自己沒有把孩子教好。

倚靠在沙發上，賀立夫問大偉：「大偉，你可以說說今天事情發生的始末嗎？」

大偉不想解釋什麼，他覺得自己不管怎麼解釋，都不會有人相信他的。唯一會無條件相信自己的，只有親生父母，以及沒有能力為他辯解的妹妹。

「沒有什麼好說的，就跟你從嬸嬸那邊聽來的一樣。」

「什麼叫沒有什麼好說的！」

賀立夫一手用力拍在沙發扶手上，拍打聲和叱喝聲劃破夜晚的寂靜。

大偉被叔叔嚴厲的叱喝聲嚇得身子搖晃了兩下。他低頭不語，不知道該回些什麼話，只是一心希望這個夜晚趕快過去。

「在學校有人欺負你嗎？需要你動手跟同學打架嗎？大偉，你知不知道打架可是會記過的。一旦你就讀國中的資料上有了污點，以後無論是考高中、大學，甚至是找工作都會遇到很大的困難。你現在不懂，可是等你以後搞懂就來不及了！」

賀立夫說的句句都有他的怒氣，以及對哥哥孩子的期盼。

大偉也不是不知道叔叔是為他好，更是整個家唯一站在他這一邊的人。但無論多好，終究不是自己真正的家人。

「叔叔，對不起。」大偉說。

「不要跟我說對不起，跟你爸爸和媽媽說。」

賀立夫難過起來，從西裝口袋拿出皮包，裡頭有一張哥哥、嫂嫂與大偉兄妹一家人的照片。他偶爾會拿出來看，提醒自己要堅持下去，把兩個孩子養育成人。

家裡多了兩個孩子，經濟負擔一下子多了不少。

孩子們的學費、生活費和其它開銷，雖然有哥哥留下來的遺產協助，但能否支撐到兩個孩子都成年，找到工作，賀立夫也說不準。

斷斷續續的，賀立夫對大偉說了很多，有點訓斥的口吻，不像在學校那些主任、老師般無情。

在大偉聽來，意思都一樣，總之他已經被貼上一個「問題學生」的標籤。

「今天晚上，你給我好好想想。想想身為一位學生，應該怎麼做才不會對不起你的身份。」

賀立夫覺得很疲累，丟下這句話，沮喪的進房間了。

大偉沒有吃晚餐，可是肚子也沒有亂叫，陪伴主人在客廳繼續站在那裡。

賀強在房間裡，外頭爸爸對大偉說的話他都聽見了。

爸爸指責大偉的一些地方，他聽了覺得有點好笑，不經意的笑出來好幾聲。

小美在房間裡頭，吃了幾口食物，然後坐在床邊，抱著小米。房門外傳來立夫叔叔訓話的聲音，她也聽見了，但她什麼也沒有做。和平常一樣，她的話只會說給小米聽，可是小米幫不上忙。

第二天早上，睡了一覺，孩子的恢復力比大人迅速的多。大偉本來臉上紅腫的部份消退不少，但還是有一個明顯的痕跡。

整個晚上他睡得還不錯，因為被罰站又被罵了大半天，昨晚一躺到床上，他就體力不支的沉沉睡去。

這天早餐的場景更加冷漠了，巧芸嬸嬸和賀強都沒有對大偉與妹妹說一句話。

大偉沒有吃早餐，他不想再吃巧芸嬸嬸做的東西。不過，他還是有照料妹妹把早餐吃完。

小美看著哥哥的早餐，疑惑著哥哥為什麼不把早餐吃下去，指著哥哥的餐盤說：「早餐。」

「哥哥不餓，妳吃吧！」

大偉對妹妹說，然後把自己碗裡那顆荷包蛋，塗滿小美喜歡的蕃茄醬，切成一小塊、一小塊，送進妹妹的嘴裡。

「好吃嗎？」

小美滿足的對哥哥伸出長長的舌頭，大偉很高興的又把一小塊荷包蛋放在她舌頭上。

「你們還有心情玩喔？」賀強在旁邊酸溜溜的說。

大偉沒理會堂弟，比平常上學時間更早就離開家。

送完妹妹，大偉沒有跟之前一樣，為了趕上早自習，跑著去學校。他慢慢的走，一點兒也不著急。

大概因為腳步的速度改變了，賀大偉路上遇到許多同校往學校前進的同學。

他發現同學們大多三五成群，有的還有家長騎機車，或是開轎車接送。他之前顧著快跑去上學，都沒有注意到這些。

一輛黑頭賓士，壓過馬路旁的水窪，濺起一片水花。大偉剛好行走過水窪旁，褲子和書包都被水花給濺濕一大片。

「搞什麼鬼！」

大偉非常不爽的對賓士車吼叫。

低頭用手拍拍褲子和書包的水痕，大偉心裡真是百感交集：「從昨天倒楣到今天，到底我要倒楣到什麼時候？」

大偉再也不想沉默了，他看黑頭賓士裡頭的人完全沒有注意到濺起水花潑到路人這件事，發足追著黑頭賓士車尾巴跑。

他沒有想說要是攔下那輛車之後要做些什麼，只想發洩這兩天累積在心頭的負面情緒。

黑頭車行駛的方向朝培續國中而去，和大偉上學的方向不謀而合。

郭宗興揹著書包，耳裡聽著耳機，見到大偉從他身邊用很快的速度跑過去，想要叫住他已經來不及。

仔細一看，他發現大偉在追一輛黑頭賓士。

「那輛車……不會吧！喂！大偉等等我。」

郭宗興認出那是誰家的賓士車，追著大偉想把他攔住。

黑頭賓士停在校門口，和其他轎車連成一排。這一排車的主人，均是經濟能力還不錯的家長。

黑頭賓士的後門打開，葉思婷拿著書包走下來。大偉好不容易追到，見下車的是葉思婷，那位昨天阻止打鬥的學姊，於是放慢腳步。

葉思婷瞥見氣喘吁吁的大偉，那眼神沒有任何意義，就像從來沒有見過這個人。

看葉思婷神氣的走進學校大門，再看看她家那輛貴氣十足的名牌轎車。大偉突然怒火中燒，在心中不住吼著：「為什麼世界這麼不公平？為什麼我沒有爸爸媽媽，而別人非但有爸爸媽媽，而且還是可以給孩子一切的爸爸媽媽？」

郭宗興追上好友，從後頭一把抱住大偉，取笑說：「臭小子，你跑得也太快了吧！是想當鈴木一朗嗎？」

大偉回過神來，他想至少還有一位好朋友，樸實而熱心的郭宗興。大偉不甘示弱，說：「是又怎麼樣！不然體育課來拼一拼啊！」

相較於大偉的情況，小美在學校則是沉浸於音樂的幸福之中。黃依蓓一有時間就會教小美認琴譜，雖然小美的焦點似乎總不是放在書上。但說也奇怪，一摸到琴鍵，賀小美的手卻流暢的反應出她對樂曲的記憶。

「這孩子真的太有天份了。」

黃依蓓得到一位英才，激發出想要把小美教好的意志。過去她在教學上沒有得到什麼正向回饋，老覺得教書比不上自己練琴。現在因為小美，她第一次體會到教學也可以很有樂趣。

大偉在學校，不抱有任何希望，期盼可以獨立的那一天早日到來。

小美在學校，接受黃依蓓特別教導。每天放學後的半個小時，那是屬於兩人的音樂時光。

13 放學後的彈子房

小美很有天份，可是要把音樂學好，不能完全仰賴天份。聽見音樂，學習老師彈琴的樣子，然後加以複製，小美擁有這方面的天份。可是，如果看不懂樂譜，那麼就沒有辦法自己拿樂譜來學習。

對於賀小美這樣特殊的孩子，不能用普通的方法教育她。

黃依蓓趁著教書空檔，翻開以前只是拿來考試用的特教專書，認真的從頭開始一頁頁仔細閱讀。

許老師見黃依蓓身為新人，對於特教的熱誠還挺高的，頗為欣慰。特殊教育的工作不是每個人都願意擔任，比起一般老師，很多繁瑣的事情，以及難以預料的情況，都會比面對一般孩童授課來的多。

「有什麼不懂的？可以問我。」許老師好心對黃依蓓說。

「我現在就有。許老師，這一頁的這個地方……」

黃依蓓早就有一堆問題要問，這下碰上專家指導，哪裡願意放過難得的機會。

「我聽教務主任說妳還教小美彈琴呢？」許老師問道。

「是啊！小美是我見過最有天份的學生，如果不好好教她，那就枉為老師了。」黃依蓓提到小美，整個人都興奮起來。

「妳能夠有教書的熱忱，實在是太好了！不過，對學生的期望要給自己保留一個限度，免得失望喔！」

「這我知道，我只想在可能的範圍內盡量把她教好。」

「另外，自閉症的孩子需要很大的耐心與毅力，妳可得有心理準備。」

「我明白。」

許老師有點擔心，因為期望越高，失望往往越大。自閉症的孩子不大會表達自己內心的真正想法，可是他們不是傻瓜。

為學生著想，許老師又叮嚀了幾句：「自閉症的孩子其實很聰明，只是和一般孩子與外界交流的方式不同。他們是有感覺的，既然妳要做，就必須堅持到最後。」

見許老師說得語重心長，黃依蓓稍微自教導小美的快樂中抽離出來，意識到教學最重要的，莫過於一份「責任感」。

許老師擔心的，正是責任的問題。

她擔任特教老師多年，見過不少義工、輔導員，甚至是老師，因為缺乏責任感，好好一個孩子剛開始用很高的熱忱去教，但等到熱忱消退，對孩子的態度也不一樣。

最後，覺得被冷落的孩子，可能因此小小心靈受到創傷，以後要再幫助他們學習，就變得更困難了。

聽完許老師的教誨，黃依蓓重新整理了今天本來要給為小美上音樂課要用的樂譜，史特勞斯的圓舞曲集。轉而拿了最基礎、最簡單，給初學者設計的拜爾。

她要放慢腳步，重心放在把賀小美教好，而不是滿足於自己教學的成就感。

自從打架事件後，大偉身邊好像多了一道城牆。同學們大多不大願意主動跟他說話，雖然本來也不多，可現在更少了。

「各位同學，後天就是第一次期中考，請大家利用最後兩天時間好好衝刺。期中考關係到各位寒假後分班的結果，請務必重視。」王譽漢在講台上對著全班同學，若有其事的說。

「第一次期中考終於要到了。」郭宗興有點興奮的說。

「你很期待考試啊？」

大偉想大多數的學生都討厭考試，可是郭宗興卻和一般孩子不同，十分好奇的問。

「沒辦法，我爸媽本來是不准我去打什麼棒球的。可是他們規定，只要我每次段考成績都在全班前百分之三十，換算成我們班大概就是前十五名，我就可以繼續打我喜歡的棒球。」郭宗興談起棒球，就像小孩子似的，那是一份天真而純粹的喜歡。

宗興的表情，就和小美談起彈琴是一樣的。

大偉不禁也跟著想：「我自己有什麼特別喜歡做的事嗎？」

王譽漢宣佈完考試的規則後，開始段考前最後一次數學課。底下同學們莫不戰戰兢兢的聽著，大家都把王譽漢課前特別提到的數學題和解答抄下來。

「通常段考前，老師都會洩漏個幾題，大家可得仔細記住。」班長小聲對周遭同學說。

大偉沒有抄筆記，他發現朋友和妹妹都有自己喜歡做的事，可是他沒有。他忽然想到之前在河濱公園認識的流浪漢，想到流浪漢搞不好都有自己喜歡做，因而堅持要做下去的事，可是自己連流浪漢都比不上，真是糟糕。

想了想，大偉寫了幾件事在筆記本上，每一件都是看起來好像很有趣，實際一想就發現不是自己真正的興趣。

「打遊戲機？不，我覺得那好無聊，一直盯著電視好無趣。」

「打棒球嗎？與其說喜歡打棒球，倒不如說喜歡跟郭宗興一起打棒球。跟

好朋友一起打球，順便可以談天說地，如此而已。」

「唸書？我一定是瘋了！」

王譽漢注意到大偉在發呆，很習慣的拿起手上粉筆就想丟過去。但他想到這孩子的身世背景，以及之前自己對待他的態度，舉起的手又放了下來。

咳嗽一聲，王譽漢說：「老師接下來講的這一題非常重要，大家要認真聽清楚，知道嗎！」

大偉把筆記本上一個又一個的想法劃掉，把注意力拉回到黑板上。

張建威坐在大偉右前方三排外，他偷眼瞧著發呆的大偉，見大偉又回神看黑板，趕快把頭轉回來。

放學鐘聲響起，這是學生們的天籟。

郭宗興和賀大偉走在放學回家的路上，聊著一天上課的趣事。

「班長真的是超假的，一副以為自己是老師似的，就喜歡發號施令。」郭宗興談到今天班長吃中飯的時候對大家來個精神喊話，用不屑的口吻說。

「呵！他就長得一副老師臉啊！」

「對對對！他以後一定會當老師。」

走過有條大排水溝的馬路，過去郭宗興和賀大偉會在此朝向不同方向走去。

宗興注意到，近來大偉都會繼續和自己走在一起，可以說是等到自己回到家，大偉才離開。

這個方向，不是大偉住家的方向，也不是走向妹妹小美的小學。

「大偉，你最近走的路怎麼特別奇怪，不用去接妹妹嗎？」

「我妹妹現在放學都要上半個小時的彈琴課，我提早去了也無聊。」

「你老妹不是有……」

郭宗興發現自己差點說錯話，提到小美異於常人的地方，趕緊轉移話題。

「你妹妹真有才華。」

大偉不怎麼在意，說：「自閉症的孩子智力其實很正常，只是在溝通上比較像是外星人，搞懂他們怎麼溝通的就好了。」

穿過一條小巷，一個男生靠在牆邊，像是在等待兩人經過。

「張建威！」郭宗興指著那個男生說。

大偉沒想到會遇到張建威，兩人自從打架事件後還沒說過話。

「張建威，你該不會又是來找打架的吧？」郭宗興這次為了防範未然，趕快搶著出來阻止兩人再次爆發衝突。

「沒有啦！」張建威走向前，要郭宗興放心。

面對賀大偉，張建威直視他說：「對不起，之前是我太衝動了！」

「沒關係，都過去了。」大偉說。

「你轉性啦？」郭宗興搞不懂張建威怎麼突然來主動示好，不明白的問。

談到這件事，張建威有點拉不下臉。但就和他會主動幫朋友討回公道一樣，對於對的事情，他沒有辦法視而不見。

「因為有同學跟我說，他看到你不是故意放開長竿子，所以是我誤會你了。」

「算了！真的，我沒有很在意。」大偉說的是真的，比起同學之間的問題，現在在立夫叔叔家的處境還比較讓他難過。

「有興趣去打彈子嗎？」張建威提議。

「被老師發現，又要被叫去訓導處啦！」郭宗興說。

「不要說出去就好啦！」張建威覺得郭宗興婆婆媽媽的，不耐煩的說。

大偉沒有猶豫，說：「走吧！」他覺得自己確實需要好好放鬆。而且他從來沒有打過彈子，搞不好會意外發現自己對打彈子有興趣也說不定。

有趣的事情，郭宗興哪裡會放過。三個人一起搭上公車，跑到鬧區來場屬於自己的課後活動。

14 誰偷了遊戲機

所謂不打不相識，前往彈子房的途中，賀大偉、郭宗興和張建威在公車上聊得很開心。

張建威是個直性情的人，只是個性太衝動了。賀大偉覺得跟他聊天，沒有什麼好避諱的，因為張建威是個不會把話藏起來的人。

這次來道歉，是因為張建威從同學那邊聽到事情發生的情況，同時也因為打架那天得知大偉是個沒有爸媽的孩子。他很佩服大偉在這樣艱苦的家境下，卻連句抱怨也沒有，讓他覺得大偉真是個男子漢。

大約五分鐘車程，進到鬧區，一棟大樓外，掛著一塊招牌寫著「西迪撞球館」。

張建威是有備而來，把制服襯衫脫了，露出裡頭的T恤，稍微掩飾一下學生身份。可是不管怎麼掩飾，三人那顆國中生標誌的小平頭，怎麼藏也藏不了。

賀大偉一行三人走進店裡，張建威看來是熟客，一位頭髮染成金黃色的店

員看到他，主動跑過來打招呼。

「阿威，好久沒看你來了。」

「金毛，這兩位是我朋友，先幫我們開一桌。」張建威介紹兩方認識，同時吩咐朋友準備好一個撞球檯。

撞球間裡烏煙瘴氣，滿是香菸的煙霧和氣味。大偉好不習慣，覺得鼻子像是被什麼東西給塞住了。

「撞球館的味道比台北市還糟糕！」大偉有感而發的說。

「很好啊！讓你懷念一下長大的地方。」郭宗興取笑道。

張建威挑了一根撞球桿，問兩人說：「你們會打撞球嗎？」

大偉搖頭，他可是生平第一次來。想幾年前第一次聽到「彈子房」三個字，他還以為是打彈珠的地方，後來比較大了，才知道彈子房指的是撞球館。

「我比較喜歡棒球。撞球場地那麼小，不能跑、不能跳的。」郭宗興有過幾次經驗，但他對撞球沒有特別熱愛。

「好，那就從最簡單的開始吧！」

張建威將印有數字的撞球，總共一號到九號，排成菱形放在球檯上，說：「這是最簡單的遊戲，『九號球』。規則就是按照號碼一號到九號，誰最先把九號球打進去，誰就贏了。」

賀大偉沒打過，所以先讓兩位朋友示範。

張建威禮讓郭宗興，郭宗興也不推辭，拿了撞球桿首先開球。

開球後，因為沒有任何一顆球入袋，所以輪到張建威。張建威果然是撞球老手，一連將兩顆球打進洞口。

張建威志得意滿的看著坐在旁邊椅子上的大偉和宗興，說：「怎麼樣，還可以吧？」

三號球，張建威大概是得意忘形，球在洞口轉了一圈就是不入袋，這下給了大偉機會。

大偉出生以來第一次打撞球，他模仿著張建威架桿的姿勢，可是不管怎麼擺，都覺得很彆扭。

張建威和郭宗興，看著賀大偉那極為不符合人體工學，好像在做瑜伽的姿勢，都按捺住笑。

好不容易好像找到架桿的重心，大偉用力將桿子一送，結果球桿完全偏離他設定的焦點。還因為用力過猛，整個人幾乎往前衝上撞球檯。

「哈哈哈哈……」宗興實在受不了了，大聲笑了出來。

大偉不好意思的對張建威說：「可以教我怎麼打嗎？」

在撞球間打球，時間過的很快。可能是很久沒有那麼開心了，大偉完全忘記要去接妹妹這件事。

黃依蓓在教室，帶著小美認識樂譜。小美進步得很快，可是今天哥哥來的晚了，都已經將近放學後一個小時還沒來。她的手變得遲鈍，不大想練習下去。

到走廊上，看著校門口方向，黃依蓓沒見到大偉的人影。她也不著急，畢竟教小美彈琴給她帶來很大的樂趣。

「小美，不想彈了嗎？是想念哥哥嗎？」小美坐在琴前，不停按著「中央C」的琴鍵。

「換我彈給妳聽，好嗎？」

連續幾天，黃依蓓都和小美近距離相處，她逐漸的能夠理解小美不同的反應所代表的意義。

就算什麼都沒說，黃依蓓也能感受到孩子現在內心企盼哥哥趕快來接她，等待見到親人的心。

為了安撫小美，黃依蓓演奏起輕柔的樂曲，海頓的小奏鳴曲。簡單、容易聆聽，不會給聽者帶來太大的壓力。只需要放鬆去享受，就像在閱讀圖畫書，那是一種休息。

小美聽著樂曲，焦慮的情緒降低不少，也跟著哼起來。

天色已黑，大偉這才想起妹妹還沒有回家。等他衝到學校，學校每一間教室都已關上。

在永育國小校園找了半天，大偉料想大概小美已經被叔叔他們接回家。想到這樣回家肯定又要被罵，猶豫著到底自己要不要回去。

家門外，燈火通明，大偉慢慢走到門邊，他聽見裡頭有人寒暄的聲音，大概有客人來。感覺上氣氛似乎不錯，這讓他比較有勇氣開門。

「大偉你回來啦？」宋巧芸見到大偉，一臉笑嘻嘻的說。

大偉不明就裡，見到黃依蓓老師和小美也坐在沙發上，這才知道嬸嬸的笑臉是因為老師來的關係。

「我回來了。」簡單和嬸嬸打聲招呼，大偉把書包拿進房間。

宋巧芸對黃依蓓說：「黃老師真是有心，竟然還幫我們家小美免費上課，這怎麼好意思。我回頭跟內子商量，多多少少付點學費給老師吧！」

「不用，真的不用。小美是個有天份的孩子，指導小美讓我覺得很快樂。」

「這樣啊！那就謝謝老師了。」宋巧芸幫黃依蓓倒了一杯茶，說。

賀強這時從房間走出來，宋巧芸見到兒子，一把拉過來，坐在大腿上，對黃依蓓說：「剛剛聽黃老師說，令尊也是在教育界服務？」

「嗯！我爸爸擔任本縣督學有段時間了。」

黃依蓓不是很喜歡在工作方面談到父親，但既然宋巧芸說了，她也只好誠實以對。

宋巧芸早就從其他家長那邊知道這個消息，還故意裝作第一次聽到，很驚訝的樣子，說：「哇！真了不起，你們一家都是教育家呢！」

黃依蓓有點尷尬，她過去因為父親，讓很多人都覺得她是在父親庇蔭下長大的孩子。

也有些大學同學，都很羨慕的認為黃依蓓有位督學父親，肯定很快就能找到正式教職。

不想依賴父親的力量，有時卻比想要依賴還難。

賀強不喜歡聽大人們聊天，他對於內容聽不聽得懂並不在乎，可是大人們裝腔作勢的樣子，他還是能分辨的出來。至少今天的母親，就和平常的母親不一樣。

「媽，我想吃蛋糕。」賀強吃完晚餐後，肚子又餓了，且想透過這個理由擺脫客廳這一場社交活動。

「媽媽等一下就弄給你吃。」

小美聽見蛋糕，有了反應，她指著賀強，意思是說要跟賀強有一樣的東西。小美說：「我要，蛋糕。」

孩子都說了，加上又有外人在，宋巧芸內心不願意也得把蛋糕拿出來。

大偉出來倒杯水，他還沒吃晚餐，可是只要嬸嬸沒有特別說，就算挨餓他也在所不惜。

對於賀強今晚的表現，大偉有些疑惑。「這小子一天不打電動就受不了，照理說他現在當是心癢難耐。畢竟家裡來了客人，使得他不能像平常在客廳打電動。可是，他看起來好像不怎麼在意的樣子。」

「我回去做功課了。」吃了蛋糕，賀強又回到房間。

主動說要做功課，大偉更覺得不可思議。

大人們正在客廳寒暄，沒有人注意到大偉偷偷跟著堂弟，附耳在他房門外偷聽。

「嘟嚕嚕……滴哩……」

掌上型遊樂器的聲音傳來，大偉心想：「原來是有了替代方案，難怪今天這麼安分。」他也不找堂弟麻煩，回房為第一次段考備戰。

隔天一早，大偉和妹妹又不得安寧。才剛睡醒，就聽見賀強在客廳亂叫：

「誰偷了我的遊戲機？」

15 小美失蹤了

大偉和小美才剛睡醒，正在換制服。賀強不客氣的打開他們房門，走了進來。賀強也不問大偉怎麼說也是他的堂哥，劈頭就對他不客氣的說：「是不是你拿走了我的遊戲機？快交出來！」

大偉懶得跟堂弟吵，隨便應和：「我們最好有拿你的遊戲機啦！」

「我不相信。」賀強不理會堂哥的解釋，自己在大偉和小美的房間翻箱倒櫃找起來。

「你幹嘛？」大偉本來不想理會賀強，可是賀強把他和妹妹的東西隨便亂翻，這讓他很不高興。

賀強找東西就像一輛挖土機，見到什麼都要翻過來看個清楚不可。

在大偉的床底下，賀強找到那隻專門用來存一塊錢的豬公，賀強指著豬公說：「你怎麼會有這麼多一塊錢？」

宋巧芸聽到兒子一大早就在嚷嚷，走進來見大偉和小美的房間被翻得亂七八糟，勸阻道：「阿強，你在幹什麼？一大早就來拆房子啊？」

見到那隻裝了七分滿的豬公，宋巧芸回想起自己本來隨處亂放的一塊錢零錢，好像有陣子都被收得乾乾淨淨，兩件事聯想起來，便明白裡頭的一塊錢都是來自於她手上。

賀強見到媽媽，趁機告狀：「媽媽，我跟朋友借的遊戲機不見了。」賀強的眼神投向大偉和小美，懷疑是他們兩個人偷的意思很明顯。

大偉不想把事情複雜化，解釋說：「嬸嬸，這隻撲滿存的一塊錢，都是您平常在家裡各處丟著的零錢。雖然是小錢，但我只是想存起來，以備不時之需。」

宋巧芸不在乎那點小錢，心想這件事就算了，抓著另外一件事情問：「那阿強說的遊戲機，快拿出來吧！」

「我真的沒有拿。」大偉說。

「該不會是小美？」賀強懷疑小美，說。

「這怎麼可能！」大偉維護妹妹，趕緊說。

「怎麼不可能？」賀強自己雖然也覺得小美會拿很離譜，但還是不願意輕易認錯。

「我妹妹她……她怎麼懂得用那個東西？」大偉說。

宋巧芸也覺得一位自閉症病人不可能做這件事，但整個家總是有個人做，不然東西不會不翼而飛。

「會不會是你昨天玩完之後，忘記放到哪裡去了呢？」大偉經過思考，提出這個可能性。

「怎麼會？我昨天玩到天都快亮了才睡，睡前我還放在床旁邊，怎麼可能會不見！」賀強推翻堂哥提出的可能性。

「阿強！你昨天不睡覺，給我打了一晚上的電動！」宋巧芸聽見兒子昨晚不好好睡覺，不務正業在玩遊戲，當場發飆。賀強發現自己說錯話，趕快抓著書包逃跑，早餐也不吃了。邊跑邊說：「我上學去了。」

大偉帶著妹妹，對還在發脾氣的宋巧芸說：「我帶妹妹去上學了。」到飯桌上抓了幾片土司，跟著離開家。

國中第一次期中考終於登場，考題的難度無論質和量都和國小有一段差距。考完第一節的國文，同學們都在走廊上唸書。

「大偉，你覺得題目怎麼樣？」郭宗興抱著下一科要考的地理，問大偉說。

「還好啦！就是一些死背的題目。」大偉覺得國文算是自己還算拿手的科目，只是自己不喜歡那些強調背誦的問題，所以有些強調背誦的題目可能會答錯，不是很有信心的說。

「我慘了我，那題默背我完全寫不出來。」張建威哀號著，他這位撞球高手考試前一天還跑去彈子房，果然隔天第一節就考糟了。

「沒關係，接下來考好就行了，快點準備吧！」大偉勉勵建威。

其他同學見到這三個人覺得很奇怪，明明幾天前還打成一團，怎麼過幾天就變得比一般同學還要要好的好朋友。

禮拜三，國小只有半天課，所以這一天下午，黃依蓓有很多時間可以教小美彈琴。這一天的課程，黃依蓓已經跟大偉說過。黃依蓓允諾會照料小美的中餐，以及下午的點心。大偉知道黃依蓓很熱心，而且對妹妹也很好，所以沒有多考慮就答應了。

這天中午，難得在秋冬之際出現一個晴朗的大晴天，黃依蓓帶小美來到學校外頭的商店街，看看有什麼好吃的餐廳。

「吃麵好嗎？」黃依蓓指著牛肉麵店問小美，但小美沒有反應，見到一間中式餐館，又問她說：「還是吃飯呢？」

小美眼睛看著地上，沒有注意黃依蓓指著的餐廳方向。

既然小美沒有特別的意見，黃依蓓看來看去，心想還是只能自己決定，於是帶小美走進一間義大利麵店。

服務生帶位後，問黃依蓓說：「請問小姐吃點什麼？」

黃依蓓翻閱菜單，說：「給我一份青醬鮭魚麵。」

「那您女兒呢？」服務生又說。

黃依蓓噗哧一笑，想想她的年紀帶著小美，確實可能被人誤會。她問小美：「小美，妳要吃什麼呢？」

想到小美可能不大認得菜單上的字，回想課本裡頭教學法的內容，說：「想吃辣辣的，還是不辣的？或者是甜甜的，還是酸酸的呢？」

「肉肉。」小美說。

「請給我一份義大利肉醬麵，肉醬份量多一點。」黃依蓓對服務生說。

服務生收走菜單，黃依蓓想到被誤認成母女，內心有點甜甜的，對著小美發笑。小美坐在位子上，義大利麵餐廳的桌布會有格子，小美一雙小手就在格子上演奏起來。

黃依蓓看了看小美演奏的指法和節奏，猜想是昨天教她的那首簡化版的《少女的祈禱》。

「妳真的很喜歡彈琴呢？」

小美沒有回答，手動得更起勁了。

「不知道這樣對妳究竟好不好呢？」黃依蓓以為，患有自閉症的孩子本身已經算是活在一個自我世界，如今學了音樂，好像又陷入另外一個自我世界。那個世界，她懷疑自己是否能夠瞭解。

可能是現點現做，加上這天中午來到這間義大利麵餐廳用餐的人特別多，食物沒有那麼快上桌。黃依蓓把小美放在位子上，對她說：「老師去一下洗手間，妳乖乖坐在這裡，知道嗎？」

小美沒有回應她，黃依蓓也是見怪不怪。

走到洗手間，有兩位女士也在排隊，黃依蓓不是很急，悠哉的排在後頭。

不過五六分鐘的時間，黃依蓓才走出洗手間，就因為眼前空蕩蕩的位子而傻住。

賀小美不見了。

16 她不怪，她是我妹妹

「太棒了！就剩下最後兩堂的公民和數學。」

在走廊上等待最後一節考試的同學們，各個都在歡呼。有的孩子已經壓抑不了考試即將結束的喜悅，在走廊上大聲喧譁。

「不要影響還在教室裡頭考試的同學！」教務主任拿著藤條出現，大家才稍微安靜下來。

坐在走廊上，只有少數人在看公民課本。

公民課考的都是一些常識問題，只要平常有看報紙關心時事，上課沒有睡覺打混，隨便考都有八九十分。

至於數學，反正臨時抱佛腳多半沒用，放棄的學生已經放棄，胸有成竹的學生也不擔心。

大偉想到早上賀強無理取鬧，他今天可不想太早回家，免得被大人嘮叨個沒完，提議說：「放學後我們去打撞球好不好？」

張建威摸摸頭，說：「今天不行，我爸今天從國外回來，大家說好晚上要一起吃飯。」

「那我們兩個去吧！」大偉問宗興說。

郭宗興不好意思的回答：「大偉，我今天也不行，家裡有事。」

大偉一個人碎碎唸道：「我家也有事，但偏偏不是什麼好事。」

時間接近三點鐘，校園裡頭出現一位對大多數學生來說都很陌生的女子。

為了找到小美，黃依蓓亂了主意，她對於小美可能會去哪裡毫無頭緒。

不得已，只好跑到培續國中找大偉幫忙。

老遠從教室走廊看過去，大偉就發現黃依蓓焦急的跑過來。一股莫名的壞預感湧上心頭，他趕快丟下書本過去。

「老師，您怎麼來了？小美在哪兒，您下午不是要教她彈琴？」

黃依蓓好不容易穩住呼吸，說：「小美她……她不見了。」

「怎麼會！」大偉發現自己的預感果然正確，怨自己的預感總是好的不靈，壞的靈。接著問道：「在哪裡不見的？」

黃依蓓對大偉大略說了位置，基本上就在距離永育國小不遠的地方。

「老師您有沒有回國小看看，搞不好妹妹她只是先回學校教室等您上課？」

「就是國小和周遭都找過了，實在沒有頭緒，這才跑來找你幫忙。」黃依蓓很焦急的說。

若是平時，大偉肯定二話不說就跟著黃依蓓去找妹妹，可是今天不一樣。決定分班與未來前途的重要考試，如果他丟下兩科不考，肯定最後落到全班最後一名，而且平均分數以後大概都很難趕回來。

更何況，剩下兩科有一科還是難纏的班導師王譽漢負責的數學。要是數學考了鴨蛋，好不容易在老師心目中漸漸好轉的形象，八成又會毀於一旦。

第一次，大偉因為考量自己的問題，沒有把妹妹擺在第一位。

「大偉，我們快走吧！」黃依蓓催促大偉。

走廊上同學們見到大偉和一位年輕女生竊竊私語，一些無聊的人開始對他

們喊：「男生愛女生喔！」「來來來先生，那是你女朋友嗎？」無聊的人，他們的無聊話這時起了關鍵作用。

大偉想到這些人恐怕一輩子都不懂他失去父母的痛苦，更不懂他和妹妹相依為命，寄人籬下的辛酸。與其待在這個存在一大堆不瞭解自己的人、這麼一個沒有感情的地方，還是找回最最重要的妹妹，才是他現在首要重視的課題。

「宗興、建威，你們最後兩科可別考砸啦！」大偉對教室外的朋友們喊。

「大偉，你要去哪裡？」

宗興和建威見大偉似乎要丟下剩下的兩科考試，離開學校，都很吃驚的問。

大偉看著兩位好友，微微笑。平和的笑容，說明大偉已經沒有任何不確定的想法。對於接下來他的選擇，他很篤定。

「連我的份一起努力吧！」大偉對好友們說。說完，他跟著黃依蓓，離開學校。

校門口的警衛見到穿著制服的學生在上課途中離開，想要過來盤問個究竟，但大偉跑步的速度很快，他也攔不住。

大偉蹺課的事，立即傳到辦公室，王譽漢聽了簡直不敢相信。教他們地理的科任老師走過來說：「又是那位問題學生嗎？」

「他不是問題學生。」

王譽漢不高興的回了一句。自從他願意好好傾聽大偉真實的一面，王譽漢瞭解大偉的個性其實很善良，只是因為家庭因素，影響了他的在學表現。

在王譽漢判斷，他確定大偉會丟下重要考試中途離開，一定有他的理由。只是，他一時也想不出到底發生了什麼大事，讓大偉做了這個難以挽救的決定。

「您通知我叔叔和嬸嬸了嗎？」回到賀小美失蹤的地點，賀大偉問黃依蓓。

黃依蓓搖頭說：「我顧著找，沒有時間打電話。」

尋找妹妹的任務，大偉從想的到的地方開始找起。再一次，他和黃依蓓兩人把永育國小的每一間教室，每一個小朋友可能選擇的藏身地又找了一遍。

黃依蓓越找越焦急，大偉比她冷靜許多，還反過來安慰她：「老師，您放心吧！小美我很瞭解她，她不會跟陌生人走的。」

「難道是碰到什麼熟人嗎？」

大偉的話，讓黃依蓓有了這個想法。可是正常上班時間，大偉判斷應該不可能出現他們認識的人。

立夫叔叔在公司，經常加班到七八點都還不能回家；巧芸嬸嬸這時間大概又跟朋友出去逛街、喝下午茶，不然就是在家做家務；賀強禮拜三提早放學，應該跟媽媽在一起。

更重要的，巧芸嬸嬸和賀強沒事不會帶小美一起出門。

「還有誰呢？」

按照黃依蓓的猜想，大偉想不到相關的答案。於是說：「我們從小美每天上放學的路一段段找看看吧！」

這條路，大偉找著。每一天帶著小美上學，看著她進教室，到每天放學，親自來到校門口接她一起回家。每一段路他都有參與，都有他和妹妹的回憶。

「無論有多少人嘲笑妹妹、欺負妹妹，我都要保護她。」

從小美還沒出生，就已經立下的誓言，大偉一直默默遵守著。

這條路，黃依蓓是第一次走。

她之前都是開爸爸送給她的小轎車上下班，沒有機會用自己的雙腳瞭解學校附近究竟有些什麼。午休時間，大部分也是和學生一起吃營養午餐。

永育國小外，有一條餐廳聚集的商店街。再走過去，一條大馬路通往下一個城市，馬路的另一頭住宅林立。

進入住宅區，穿過一條條僅供車輛單向行駛的單行道，便可以見到一座種滿松樹的公園。無論什麼時候，公園都有老人家在這裡活動。

早上有人打太極拳，然後上午和下午都有乘涼和散步的人，晚上屬於婆婆媽媽的舞蹈課更是熱鬧。

「唉呀！」

黃依蓓被太陽曬得有點兒暈，一個沒留神，腳下踩到一個東西，因而失去重心，跌倒在地上。

大偉過來將黃依蓓扶起來，說：「老師，您沒事吧？」

「我沒事。」

黃依蓓的手肘擦破一小塊皮，其它地方看起來均無恙。

黃依蓓拍拍身上的塵土，沒好氣的說：「都怪這個東西，我就是踩到它才跌倒的。」

順著黃依蓓指的方向看過去，一顆縫線都已經綳開，接近解體的棒球在黃依蓓腳邊。

撿起這顆破爛的棒球，大偉腦中閃過一個念頭：「對啊！還有那個地方！」

沒等黃依蓓說話，大偉朝著心裡想的地方已經先行起跑。

黃依蓓在後頭努力跟著，從賀大偉堅定的表情，她相信賀大偉肯定已經有了小美去處的答案。

17

我的志願

「妹妹，妳等著我！」大偉奔跑著，穿過公園，往河濱公園的方向跑過去。穿過和宗興玩過傳接球的大草皮，來到流浪漢曾在這邊打盹兒的籃球場。球場旁的垃圾桶有見到紙箱的碎屑，但是沒有見到任何人影。大偉知道，他已經接近妹妹。這個預感，來自他和妹妹彼此之間分不開的聯繫。

資源回收場，大偉打開流浪漢告訴他們的密道，得以避開門口的警衛們，偷偷進去場內尋找小美的蹤跡。黃依蓓沒有做過這種偷偷摸摸的事，但為了小美，她豁出去了。跟在大偉身後，爬進回收場內。

「嘖！不是這裡。」大偉見資源回收場裡頭有工人們正在工作，他想這時候不可能容許一個流浪漢帶著小孩跑進來。本來猜想是流浪漢叔叔的傑作，可能小美遇到流浪漢叔叔，跟他跑到資源回收場找寶物，現在看來這最後的希望也落空了。賀大偉回到河濱公園，沒力的攤在草地上。

「這下我真的想不到其它地方了。」

黃依蓓也累得幾乎說不出話，顧不得形象，一屁股坐在草地上。

「大偉，我們不能放棄。天要是黑了，要找小美就更困難了。」

這道理，大偉也知道，可是他現在真的想不到還有什麼地方是小美可能會去的。大偉覺得眼皮好重，尤其在靜下來的當下，他開始煩惱蹺了兩門考試將會帶來的影響。

「老師，您有蹺過課嗎？」大偉問黃依蓓。

「有啊！大學的時候。」

「那有蹺掉考試嗎？」

「這就沒有了，蹺課頂多就是點名被抓到，蹺掉考試不就等於跟老師宣告把我當掉嗎？」

大偉無奈的笑了，說：「我今天蹺掉考試了，公民和數學。」

「啊？」黃依蓓回想起稍早跑進培續國中找大偉時的景象，同學們好像都聚集在走廊上看書，坐在教室裡頭的人似乎都在桌上奮筆疾書。仔細想想，不正是期中考進行中的情景。

「難道為了找小美，你放棄了考試？」

大偉沒有回答，因為他並不後悔。

「考試會影響分班的，你不在乎嗎？要是分到放牛班，考高中就危險了。萬一高中考不好，大學怎麼辦呢？難道你要一畢業就去做工嗎？」

「您果然是老師，老師都講同樣的話。」

黃依蓓向後一倒，躺在地上，叫說：「天啊！真蠢！」只是不知道她說的是大偉，或是自己。

「你有夢想嗎？」黃依蓓問大偉，也問自己。

「有！而我相信不用唸書也能辦的到。」

「如果是這樣……」一開始，黃依蓓不敢肯定什麼。可是想到小美的天份，想到社會上確實存在各行各業的人們，想到很多人都認為自己是靠父親的庇蔭，而她也希望有人尊重自己的想法。

黃依蓓對大偉說：「如果是這樣，就勇敢的走下去吧！」

青草窸窸窣窣的聲音，引起躺在地上的大偉的注意，在視線的彼端，熟悉的鞋子、熟悉的身影逐漸朝他走過來。

大偉撐起身子，他和黃依蓓找了半天的妹妹，竟然在此刻自己現身。流浪漢叔叔，他牽著小美的手。小美的另一隻手上，拿著一塊用報紙包裹的烤地瓜。小美一面走，一面輕輕啃著還冒著白煙的烤地瓜。

「小美！」

大偉想要跑過去抱住賀小美，但剛剛跑的太累，他只能跪坐在地上，

讓小美走過來。

黃依蓓見到小美跟一位流浪漢在一起，本來有些緊張，但她見大偉好像也認識這位流浪漢，意識到他們三人之間彼此應該認識，也就沒多問。

「哥哥，給你。」吃到一半的烤地瓜，小美送到大偉面前。

「小美，妳怎麼一聲不吭就不見了呢？」黃依蓓激動的按著小美的肩膀問說。

流浪漢笑著說：「我下午在市區，經過一間餐廳，聞到裡頭有好香的味道，就在門口朝裡頭看了一下，結果小美就從餐廳裡頭跑出來了。」

「既然是這樣，幹嘛不把小美送進餐廳就好？」黃依蓓不能理解，追問流浪漢。

「妳以為我不想，可是餐廳的人哪裡願意讓我進去呢？我叫小美趕快回去，她偏偏要跟著我的屁股走，我就只好帶她到處亂晃。」流浪漢說著，覺得自己才是受害者。

大偉拿著烤地瓜，對小美說：「有跟叔叔說謝謝嗎？」

「謝謝。」小美很有禮貌的跟流浪漢說了一句。

流浪漢不大習慣小孩子對他這麼有禮貌，搔頭有點不好意思。

大偉注意到流浪漢和之前不同，背上揹了一個好大的麻布袋，問道：「這是？」

流浪漢和藹的笑了，露出一口金牙，說：「我要離開了。」

「不回來了嗎？」大偉問。小美在一旁瞧著流浪漢，也像在問同個問題。

「不知道，我真的不知道。」流浪漢說。對於未來，他好像一點都不擔心。

「對了，我有一個禮物要送你。」流浪漢放下麻布袋，從中掏出一個外表略為磨損，頗有年紀，還有些生鏽的鐵盒子，交給大偉。

賀大偉打開鐵盒子，裡頭的東西讓他眼睛一亮。

「這是職棒球員卡！而且……哇！保存的好好喔！」大偉第一次收到這麼

貴重的禮物，聲音中充滿感激。

「反正是我四處在垃圾桶蒐集來的，我之前看你和朋友在玩棒球，猜想你會喜歡。」

「謝謝。」大偉想給流浪漢一個擁抱，但流浪漢拒絕了，他不習慣這麼親暱的行為。

黃依蓓看著他們，問流浪漢說：「流浪……，不知道這位先生該怎麼稱呼？」

流浪漢起初沒有理會黃依蓓的問題，直到走至距離三人有十公尺遠，快看不清彼此臉孔的距離，他才回頭說：「我早忘記自己的名字了。以後見到我，叫我一聲高大哥就行。」

18 新的一年

尋找小美的這個下午，大偉和妹妹又弄得髒兮兮了。

可是今天在立夫叔叔家，有另外一個人在受罰。搞了半天，原來掌上遊戲機小偷是賀立夫。他加班回家，見兒子窩在房間，又聽妻子表示兒子整個晚上都很乖，沒有嚷嚷著要打電動，感到不可思議。

晚上好幾次經過房門都聽見賀強玩遊戲機的聲音，賀立夫一氣之下，趁賀強睡覺的時候把遊戲機拿走，一早就到學校交給賀強的導師，還順便向老師詢問了一下兒子在學校的情況。

客廳中央，賀強跪在地上，賀立夫對著兒子訓斥有好段時間。宋巧芸捨不得兒子在那裡哭哭啼啼的，但為了孩子好，她必須配合丈夫的管教。

「我聽老師說了，你上課不但經常打瞌睡，還常常對同學惡作劇。爸爸從下禮拜一開始調了單位，以後每天都會準時上下班。到時候，爸爸每天晚上陪你做功課。」

「啥？不要啦！」賀強聽到自己過去習以為常的快樂日子即將結束，萬般

不願意的對父親表示抗議。

「你還敢頂嘴！」賀立夫大喝一聲，賀強馬上把本來還想討饒的話全吞回去。

在立夫叔叔家的生活，一切都從他調單位，不再早出晚歸後有了改變。雖然不敢說改變有很多，至少每天早晚因為立夫叔叔會跟全家人一起用餐，所以本來有一陣子都被巧芸嬸嬸限定只能吃半碗的飯，現在都一定會有滿滿一大碗。

立夫叔叔在得知大偉偷偷蒐集一塊錢儲蓄起來的事情後，想到或許應該給孩子們一點兒零用錢。小美每天有五塊錢，賀大偉一天有十塊錢。兩兄妹都捨不得花，通通存在豬公的肚子裡。

至於國中生涯的第一次考試，大偉意外得到補考的機會。黃依蓓可是花了一番功夫讓自己的爸爸陪同她到培續國中解釋了一番，這才讓大偉不會因為尋找妹妹而失去一個跟其他學生共同競爭的機會。

小美，她的琴越彈越好了。從她的琴聲，周圍的人，不管是老師或同學都能從中分辨出她的情緒。永育國小教務主任見音樂對小美產生了如此大的幫助，鼓勵黃依蓓應該多利用音樂治療方法，讓更多特殊孩子找到表達自己想法的管道。

總算，大偉和小美在立夫叔叔的家，可以找到一份家庭理當提供的安定感。冬去春來，春去夏至，賀大偉經歷了一次又一次的期中考。

隔天六月，培續國中下學期上課的最後一天。

王礐漢在講台前面點名，點到大偉。

「賀大偉？班長，賀大偉人呢？」

班長站起來向王礐漢報告：「報告老師，大偉從早上就沒來。」

「什麼！學生沒來班長不用向老師報告嗎？」

看著全班，王礐漢說：「有人知道賀大偉今天去哪裡嗎？」

宗興和建威故意看著左右，裝作不知道的樣子。他們心裡有數，因為好友老早便告訴他們，這一天對大偉而言有多特別。

「欸！大偉現在應該已經到了吧？」建威在一張小紙條上寫道，悄悄遞給宗興。

宗興閱畢，回覆道：「沒問題的，不用擔心。」

「你們兩個在幹嘛？」王譽漢眼睛很尖，老早就瞧見兩個人鬼鬼祟祟。把他們叫到講台前，說：「紙條拿出來。」

宗興和建威兩人考慮了一下，心想反正瞞不過老師，就把紙條交給他。王譽漢看著紙條，問兩人說：「大偉，你們知道他去哪裡了？」

「我不知道。」建威馬上否認，論及義氣他可是比誰都堅決。

王譽漢把紙條收進口袋，對兩人說：「上課要專心，不要盡做些影響自己，也影響其他同學的事。」

此刻，在距離培續國中百公里外的台北。睽違以久的台北，不管過多久都一樣喧囂、吵鬧，帶有濃厚黑色粒子的空氣，很容易就能讓在台北長大的遊子辨認出這裡就是家鄉。

幸好在台北盆地邊緣，來到山上仍有可以擺脫塵囂的世外桃源。

香煙裊裊，台北觀音山上的金山禪寺，留著小平頭仍掩蓋不了英氣的少年，帶著一位抱著布娃娃的小女孩，踏進位於禪寺後方的靜安塔。靈骨塔外，一位正在掃地的和尚見到兩人，雙手合十唸道：「施主，阿彌陀佛。」

少年向和尚回禮。「阿彌陀佛。」

帶著小女孩，少年走進塔內，爬上樓梯到第三層。檜木組成的木頭架子，上面有一個個小方格，每個方格都放有骨灰罈。少年默念一個號碼，左右尋找與號碼契合的格子。小女孩看到一些骨灰罈上的照片，好奇的停下腳步。

「小美，這邊。」小女孩聽少年叫喚，跟上少年後頭。

有兩個格子，一對骨灰罈兩兩相對，少年跪倒在骨灰罈前，雙手合十拜了三拜。

「爸、媽，大偉帶著妹妹來看你們了。」自從一年前的這一天，國小畢業

典禮天人永隔後，這一家人已經好久好久沒有凝視彼此，說上一句話。

大偉，再次流下男兒淚，他不怕有人看見，因為他太想念自己的父母親，想念到可以不在乎任何人的眼光。

「妹妹，給我吧！」大偉吩咐小美，從小美背後可愛的紅色小背包中拿出一台小型ＭＰ３。

小美看著骨灰罈，摸摸上頭的照片，用得意的笑容說：「爸爸、媽媽，我彈的喔！」

大偉按下ＭＰ３的播放按鈕，聖桑的《天鵝》樂曲悠揚，與兄妹兩人的思念，一同流溢在靜安塔的每個角落。

爸爸、媽媽、大偉、小美，一家人彷彿又團聚在一起。

未來，或許存在著艱辛。只要哥哥繼續牽著妹妹的手，這個屬於小與賀大偉的家將如同一首不會完結的樂曲，永遠不會消失，永遠都在。

勵志學堂：19

我的火星妹妹

編　著◇張文慧
出 版 者◇培育文化事業有限公司
執行編輯◇禹金華
社　址◇22103 新北市汐止區大同路三段一九四號九樓之一
TEL （〇二）八六四七—三六六三
FAX （〇二）八六四七—三六六〇

總 經 銷◇永續圖書有限公司
劃撥帳號◇18669219
地　址◇22103 新北市汐止區大同路三段一九四號九樓之一
TEL （〇二）八六四七—三六六三
FAX （〇二）八六四七—三六六〇
E-mail yungjiuh@ms45.hinet.net
網　址 www.foreverbooks.com.tw

法律顧問◇中天國際法律事務所　涂成樞律師　周金成律師
出 版 日◇二〇一一年八月

國家圖書館出版品預行編目資料

我的火星妹妹/ 張文慧. -- 初版. --
新北市：培育文化，民100.09
面：　公分. --（勵志學堂 ; 19）
ISBN 978-986-6439-61-2（平裝）
859.6　　100014180

培育文化讀者回函卡

謝謝您購買這本書。
為加強對讀者的服務，請您詳細填寫本卡，寄回培育文化；並請務必留下您的E-mail帳號，我們會主動將最近"好康"的促銷活動告訴您，保證值回票價。

書　　名：我的火星妹妹
購買書店：＿＿＿＿市／縣＿＿＿＿＿書店
姓　　名：＿＿＿＿＿＿＿＿ 生　　日：＿＿年＿＿月＿＿日
身分證字號：＿＿＿＿＿＿＿＿＿＿
電　　話：(私)＿＿＿＿＿(公)＿＿＿＿＿(手機)＿＿＿＿＿
地　　址：□□□－□□
　　　　：＿＿＿＿＿＿＿＿＿＿
E-mail：＿＿＿＿＿＿＿＿＿＿
年　　齡：□20歲以下　□21歲～30歲　□31歲～40歲
　　　　　□41歲～50歲　□51歲以上
性　　別：□男　□女　婚姻：□單身　□已婚
職　　業：□學生　□大眾傳播　□自由業　□資訊業
　　　　　□金融業　□銷售業　□服務業　□教職
　　　　　□軍警　□製造業　□公職　□其他＿＿＿＿
教育程度：□高中以下(含高中)　□大專　□研究所以上
職位別：□負責人　□高階主管　□中級主管
　　　　□一般職員　□專業人員
職務別：□管理　□行銷　□創意　□人事、行政
　　　　□財務　□法務　□生產　□工程　□其他＿＿＿＿

您從何得知本書消息？
□逛書店　□報紙廣告　□親友介紹
□出版書訊　□廣告信函　□廣播節目
□電視節目　□銷售人員推薦
□其他＿＿＿＿＿＿＿＿

您通常以何種方式購書？
□逛書店　□劃撥郵購　□電話訂購　□傳真　□信用卡
□團體訂購　□網路書店　□其他

看完本書後，您喜歡本書的理由？
□內容符合期待　□文筆流暢　□具實用性　□插圖生動
□版面、字體安排適當　□內容充實
□其他＿＿＿＿＿＿＿＿

看完本書後，您不喜歡本書的理由？
□內容不符合期待　□文筆欠佳　□內容平平
□版面、圖片、字體不適合閱讀　□觀念保守
□其他

您的建議：＿＿＿＿＿＿＿＿＿＿
＿＿＿＿＿＿＿＿＿＿＿＿＿＿

剪下後請寄回「22103新北市汐止區大同路3段194號9樓之1培育文化收」

請用膠帶黏貼

□□□-□□

廣　告　回　信
基隆郵局登記證
基隆廣字第200132號

221-03

新北市汐止區大同路三段194號9樓之1

培育文化事業有限公司

編輯部　收

請沿此虛線對折免貼郵票，以膠帶黏貼後寄回，謝謝！

為你開啟知識之殿堂